# EL CAZADOR DE TATUAJES

colección andanzas

JUVENAL ACOSTA
EL CAZADOR DE TATUAJES

TUSQUETS
EDITORES

Diseño de la colección: Guillemot-Navares
Ilustración de portada: © Svetoslava Madarova / Arcangel Images
Fotografía del autor: Javier Narváez

© 2004, 2017, Juvenal Acosta
© 2004, Editorial Planeta Mexicana, S.A. de C.V.

Reservados todos los derechos de esta edición

© 2017, Tusquets Editores México, S.A. de C.V.
Avenida Presidente Masarik núm. 111, 2o. Piso
Colonia Polanco V Sección
Deleg. Miguel Hidalgo
C.P. 11560, Ciudad de México
www.planetadelibros.com.mx

1.ª edición en Andanzas en Tusquets Editores México: enero de 2017
ISBN: 978-607-421-891-6

Impreso en los talleres de Litográfica Ingramex, S.A. de C.V.
Centeno núm. 162-1, colonia Granjas Esmeralda, Ciudad de México
Impreso y hecho en México – *Printed and made in Mexico*

*A mi madre:*
*Laura Alicia Hernández Muñoz,*
*en el centro de mi corazón y en cada memoria.*

# Índice

Gozo… Padezco… Y mi balanza
vuela rauda con el beleño
de las esencias del rosal:
soy un harem y un hospital
colgados juntos de un ensueño.

Voluptuosa Melancolía:
en tu placer mórbido enrosca
el Placer su caligrafía
y la Muerte su garabato,
y en un clima de ala de mosca
la Lujuria toca a rebato.

RAMÓN LÓPEZ VELARDE
*La última odalisca*


Cicatrices imborrables
de un tormentoso pasado
que la suerte me ha brindado
y que nunca perderé…

ENRIQUE P. MARONI
Tango *Cicatrices*

El tatuaje no es un signo impreso sobre la piel sino sobre la idea que uno tiene de sí mismo. Signo hecho de deseo, el tatuaje es una cicatriz producto del deseo.

Esta es la década del tatuaje.

He visto y tocado, besado, lamido, mordido, infinidad de tatuajes. Algunos de ellos en los lugares más insospechados del cuerpo. En mi archivo de signos y cicatrices guardo un tatuaje en forma de arabesco; la marca de una duda; una frase marchita al paso de los años; una luna en forma de signo de interrogación; una línea musical de Ponce; la pregunta sin respuesta de un laberinto; un signo de interrogación en forma de luna; un ojo que es un pene que es una vagina que es un gato; iniciales y números; alas de ángel en omóplatos; alas de Mercurio en tobillos puentes del verano; ramas doradas en tobillos puentes del Sur.

He besado tatuajes en senos, en el cuello, en el pubis, en la espalda, en las nalgas, en los muslos, alrededor del ombligo, en los brazos, en las muñecas, en la frente; tatuajes de luz y sombra en el tercer tercio de la mirada.

Esta es la década del tatuaje porque es la década tribal.

El resurgimiento de la tribu evidencia la descomposición de las naciones, el cansancio de la cultura occidental, el hartazgo honesto y el deseo legítimo en cada uno de nosotros de independencia erótica e intelectual.

El seductor contemporáneo es un cazador de tatuajes.

No sé cuánto tiempo ha transcurrido. Fuera de esta conciencia de mi cuerpo inmóvil no siento nada. Las voces vienen y se van, como las imágenes que evoco para no morir. Recordar para sobrevivir. Morir para dejar de recordar, para dejar atrás las huellas, los gestos y los signos. Ya no quiero el olvido. En esta cama de hospital proyecto en la pantalla venosa de mis párpados cerrados el recuerdo glorioso de una superficie tersa, el arrepentimiento por lo que no hice a tiempo y la silueta perdida de aquellos cuerpos. No tengo, porque nunca tuve, un dios a quien acudir en esta hora de pánico ontológico, y no sé si lamento esa ausencia.

Recuerdo para sobrevivir. Para darle firmeza de músculo a un nombre, a cuatro nombres de entre cientos. Me restan cuatro que corresponden a cuatro puntos cardinales y cuatro elementos; a las estaciones simultáneas de mi vida; pétalos complementarios de la rosa carnal del apetito. Cuatro puntas de una estrella que explotó en el momento mismo de su nacimiento. Cada nombre es una pregunta, pero no necesariamente una respuesta; cada nombre es todas las palabras y todos los silencios. Cada nombre es Babel.

En cada uno de estos nombres está la clave de un secreto que aún me está vedado (¿me estás vedada tú?). Es un secreto que intento descifrar antes de que esta lucidez afortunada me abandone. En la develación de ese secreto, en el proceso de desnudar cada circunstancia que me trajo hasta aquí, intentaré darle respuesta a las preguntas que nunca articulé porque estuve siempre demasiado ocupado alimentando mi apetito egoísta. Esta muerte lenta no puede ser sino el producto del siglo veinte de mi ansia de consumo.

Comenzó como un juego.

Después, palabras que nunca tuvieron ningún significado especial para mí comenzaron a tenerlo. Palabras como uña, pantera y terciopelo. El significado vino del descubrimiento del dolor y del placer mezclados; cosas que suceden y comienzan a tejerse alrededor de uno; te atrapan en una telaraña hecha de intereses satisfechos solamente a medias y de una curiosidad insaciable.

Por eso ahora estoy aquí, atrapado en mi cuerpo —heredero roto de esa curiosidad. Escucho cómo hablan de mí como si yo fuese un objeto más en esta habitación, recluido en su condición afásica, entubada. Sin embargo, el objeto paradójico que soy piensa con su resto minúsculo de conciencia que la vida no es irónica sino justa, puesto que después de haber usado como objetos del placer a muchas de las mujeres que me amaron, o que sin amarme estuvieron conmigo, nos hemos convertido finalmente —yo y mi cuerpo— en el objeto verdadero, el objeto por excelencia, recluidos, yo en mi silencio y en mi conciencia, él, sitiado verdaderamente en su epidermis, sin escape posible.

Comenzó como un juego, y era al principio un juego inocente. El juego de la vida: ritos de pasaje de la infancia a la adolescencia, de la juventud a la vida adulta. Rito de sobrevivencia dictado por la biología, las hormonas, la costumbre. Pero algo sucedió en algún momento. Recuerdo con precisión engañosa lo que pasó, y también que pasó hace casi veinte años. Fue un *accidente* idiota que no tendría que haber pasado, como todos los otros accidentes que ocurren sin razón. Una motocicleta y aceite en el asfalto —me lo repetí hasta convencerme. El resultado menor fue una cicatriz grande que me dejó marcado el pecho para siempre, una cicatriz con forma de signo de interrogación. El mayor, el de grave consecuencia, tiene que ver con la pregunta que intentaré formular ahora, antes de que esta lucidez que se me escapa termine de servirme.

Comenzó como un juego, pero en algún momento perdió toda inocencia.

Ahora el juego continúa de esta manera: sobre una mesa imaginaria extiendo un mapa y con los ojos cerrados señalo un punto cardinal (¿cardenal?) en su superficie. Es un mapa sexual. Es decir, un mapa invisible de emociones y ansiedades. Mapa de carne suave y líquidos ambarinos que escurren en entrepiernas idas. Mapa de mujeres dulces, inteligentes, generosas, fuertes. Grafía carnal de gestos y de signos.

Pero este es también un mapa de contradicciones y deslealtad; de dolores profundos como la conciencia del cuerpo de la mujer; profundos como el sueño absoluto o la sospecha de la muerte.

Si tengo que rescatar una a una a todas las mujeres que llegaron a mi vida, tengo que escoger, discriminar, pasar por el filtro del placer nombres, ojos, sonrisas, caderas, vellos púbicos, palabras. Hacer que pasen por el filtro de la memoria nuestros momentos de dicha y de tristeza.

No sé si voy a salir completamente recuperado de esto. No sé si voy a morir o si mi cuerpo quedará inservible para siempre. Deduzco, por los comentarios descuidados de las enfermeras, que esas son posibilidades reales. Pero si mi ruina es consecuencia de mi apetito desmedido y este se convierte en la causa de mi muerte, tengo entonces que volver a ellas, recuperarlas, devolverles su rostro en mi memoria, su dignidad humana, su prestigio de mujeres en la vida de alguien que solamente pudo ofrecerles palabras (como estas que ahora pienso y que tarde o temprano la muerte, la gran chingona, borrará).

# 5

Como profesor de literatura con dos o tres lecturas, siempre asumí que la seducción no pertenecía a ese orden que la naturaleza impone en la vida: un orden cósmico, equilibrado, causal. La seducción, entendí, es un signo ritual que pertenece al mundo engañoso del artificio. Es un código que inventamos y construimos desde tiempos inmemoriales con señales falsas que enviamos y recibimos de acuerdo a nuestros deseos.

A la naturaleza la rige un orden que está determinado por las leyes de la sobrevivencia. Al orden que mueve el mecanismo de la seducción lo rigen las leyes del simulacro. ¿Qué pasa cuando la sobrevivencia se funda en el simulacro?

Yo decidí —si es que algo así se elige— ser un hombre de mis tiempos. Un *ciudadano* en el sentido estricto de la palabra. Es decir, alguien que pertenece a una ciudad. Un ser urbano que encuentra seguridad y paz de espíritu en el sonido de los autos y el del metro, en el ronroneo del disco duro de su computadora, en el humo que despiden los autos y la vista de las plazas con sus cafés y su gente, los otros ciudadanos, mis hermanos y hermanas. Mis hermanas.

El orden de la ciudad es estricto y debe ser respetado para no alterar su ritmo interior. La seducción, desorden íntimo del orden superficial de la ciudad, requiere del conocimiento de las reglas que la organizan y evitan su colapso. El citadino auténtico, la criatura original de la Polis, conoce intuitivamente cada una de esas reglas. De tanto repetirse de manera eficaz y esquizofrénica, el orden desquiciado de la urbe se convierte en un orden necesario y normal, puesto que está tan metido en nuestra sangre que el hábitat de concreto y hierro que ocupamos se convierte finalmente para nosotros en lo que un bosque es para un venado o un tigre. Únicamente en la ciudad, que es producto ejemplar del artificio, ese otro artificio, el de la seducción, sucede de una manera natural. Este es uno de los primeros elementos de la trampa: solamente en la ciudad el simulacro —el artificio— es natural.

# 6

El mapa no es la ciudad, no es el territorio ni el hombre o la mujer que lo recorren y habitan, pero los representa. El mapa es a la ciudad lo que el nombre de una persona es al ser humano que identifica. Desde esta perspectiva, somos apenas la idea de lo que somos, de lo que creemos que somos.

La mujer, ciudad siempre desconocida, llena como una urbe de lugares secretos, callejones y ventanas, puede representar como el mapa (símbolo, modelo, abstracción) algo que quisiéramos conocer, a veces no sin cierta urgencia.

(Una mujer desconocida que camina por la calle en dirección contraria a la tuya y te mira, y tal vez te sonríe, te está haciendo una invitación callada no a que la detengas y le hables, sino a pensar en sus ojos como uno piensa en una ciudad mítica, lejana, inaccesible. Hay mujeres que son una Ítaca de carne. Amar espontáneamente a esa mujer es amar la idea del viaje inesperado, imaginarlo.)

El mapa, aroma más depurado de la geografía, es también guía para investigarle los huesos a las cosas, posibilidad de escape, recurso para orientarse en la confusión. Pero más allá del uso que podamos darle con fines prácticos, el mapa no es sino la simple representación de algo infinitamente más complejo. La búsqueda del significado de esa representación, de ese conjunto de signos dispersos en el mapa de mi neurosis, es la que acabó por recluirme en mi silencio de condenado a muerte.

La mujer: ciudad prohibida que no sobreviví.

# 7

Apunto pues, y el dedo cae sobre Marianne.

De Marianne recuerdo las tazas de té negro de Tailandia, su estatura alta, el cabello rubio corto y el paisaje de su cuerpo abierto frente a mí.

La conocí una noche de otoño en Nueva York cuando el sonido de una orquesta de jazz me detuvo frente a la entrada de un club donde esa noche tocaba Benny Carter con su orquesta. Algo en mi actitud llamó la atención de la fotógrafa inglesa, y cuando sentí a mi lado el relámpago del flash, volteé y otro flashazo me cegó. Molesto por su atrevimiento, le pedí una explicación. Me dio mucho más que eso. Media hora después, café cortado y cigarrillos nos sirvieron para empezar a conocernos.

Yo estaba en Nueva York por unos días para dar una conferencia sobre la narrativa contemporánea de América Latina. Estaba disfrutando mi primer año sabático, y mi único contacto con la vida académica sería un par de congresos.

Marianne vivía en Londres —aunque vivía en todos lados, según me enteraría después—, pero estaba en Manhattan porque la editorial para la que trabajaba la envió a tomar las fotos de un libro sobre jazz que se publicaría el siguiente año. Había estado toda la noche en el club tomando fotos y salió a fumar un cigarrillo. Estaba a punto de prenderlo cuando me vio. Yo estaba suspendido en el tiempo, escuchando con los ojos cerrados la versión de Benny Carter del bolero *Rosita* que me devolvió por un par de minutos el olor a puro y franela de mi abuelo muerto. Llovía ligeramente y el agua que me escurría por la cara, mi gesto cautivado por el piano, hacían una buena fotografía, me explicó.

Marianne vestía siempre de negro. Nunca usaba brasier porque sus senos jóvenes y pequeños no lo necesitaban, y para mi sorpresa se afeitaba las axilas. Mi experiencia con las europeas era que se dejaban crecer los vellos de las axilas y, a condición de que fuesen limpias, eso me excitaba mucho. Hay algo bello y contradictorio en una mujer hermosa que no se afeita o se depila con cera las axilas. Uno está acostumbrado a que las mujeres de América Latina se depilen, y cuando de pronto la desnudez de una extranjera lo expone a uno a esa mata de vello escondida, la asociación con el vello púbico es inmediata. Es como encontrar otro sexo femenino escondido en cada axila. Un regalo para el gusto, la vista y el olfato.

La recuerdo también con música de Tom Waits porque nos quedábamos hasta altas horas de la madrugada tocándonos y escuchando las canciones de los primeros discos del poeta de California. *Muriel, since you left town...* Marianne me llevó esa noche a su hotel y se entusiasmó con mis historias mexicanas y mi recuento de memorias de infancia en la Tierra Caliente de Guerrero, que yo a veces visitaba cuando iba a México porque mi padre nació allí. Amaba esa región árida y pobre del sur mexicano porque era mi último contacto con mi origen de barro. Mientras yo le contaba historias de ese Macondo pobre y violento, ella calentaba agua en la estufa de la cocineta del hotel y me daba de beber té negro.

La perfección, tal y como se manifiesta en la memoria, está hecha de pequeñas imperfecciones. Cuando Marianne dormía su respiración emitía un silbido irritante que interrumpía mi sueño y que yo ahora echo de menos con una sonrisa; pero cuando estaba despierta su mirada celeste era una luz felina en medio de la catedral oscura de la noche gótica de Nueva York. Para mí, esa luz era una especie de verdad absoluta porque antagonizaba la oscuridad del sexo y la del sueño. Nada más cierto y crudo que la oscuridad sexual, nada más incierto que el deseo simple y anticipatorio de la imagen de una mujer en la penumbra. Lo que el sexo tiene de directo y desnudo, el deseo lo tiene de elusivo y velado.

Nos encontramos un miércoles y estuvimos juntos hasta el domingo. Al día siguiente de habernos conocido dejé mi hotel para irme al suyo y así poder estar con ella a todas horas. Con dificultad la abandonaba en las mañanas y atravesaba a pie Washington Square, sorteando cagadas de perros y palomas, y chicos madrugadores en *skateboards*, para irme a las jornadas académicas en la Universidad de Nueva York. El día que me tocó leer mi ponencia ella vino y aunque su español no era muy bueno demostró con su atención a mis palabras que cualquier cosa que saliera de mí era importante para ella. Luego decidí borrarme del escenario del congreso y dedicarme a vagar con ella por lo que algún día fue para los primeros habitantes de aquellas tierras la isla de *Mannahatta* y para nosotros se convirtió por unos días en la capital de nuestros cuerpos. Mientras caminábamos se alejaba de mí repentinamente para tomar fotografías de personas sentadas o puertas viejas y paredes manchadas. Nos gustaba detenernos en los callejones abandonados y caminar tomados de la mano en busca de un café escondido en ese laberinto urbano que como el Londres de ella y Borges está lleno de rincones sepia insospechados.

A medida que pasaban los días sentíamos una felicidad creciente que respondía al sentimiento de habernos encontrado de esa manera azarosa en un lugar inesperado. Pero, ¿no es así como suceden los eventos más importantes de la vida? Nadie que busque realmente encuentra. La búsqueda es producto de la neurosis. Los encuentros, en cambio, son producto de una ley universal que rige cada movimiento y nos conduce hacia donde tenemos que ir. Nada es casual. Yo tenía que escuchar el piano y detenerme bajo la lluvia ligera (*Misty*, como la canción) frente al club de jazz, y ella tenía que salir a fumar un cigarrillo. Ese orden urbano que nos mueve de un lado a otro, el orden del caos, o tal vez aquel más poderoso, el de la intuición, fue el que nos puso frente a frente.

Tendríamos que separarnos una vez que llegara el domingo y los dos sabíamos que ese beso prolongado de varios días tendría que terminarse. El sábado en la noche, me miró fijamente a los ojos y tras darle un sorbo breve a su taza de té me dijo: «*I want to have your babies...*». Sentí como si algo desconocido me hubiese golpeado y me ruboricé. Extendí una mano hacia su vientre y algo dentro de mí me sobrepasó y tuve ganas de llorar. Nunca nadie quiso tener hijos conmigo. Nunca se me ocurrió que los tendría, y su declaración fue una de amor que me fracturó para siempre.

No dije nada porque tenía que regresar a San Francisco en cuanto amaneciese. Tenía mis compromisos y mis gatos, mi apartamento en Noe Valley, mis deudas, mis amigos, mi ropa en la tintorería, mi simulacro de normalidad. Tenía un etcétera de plástico, papel y obligaciones que demandaban mi presencia en la otra costa norteamericana. Sus manos me acariciaron el pelo y me metí entre sus pechos como un niño se mete entre los pechos de su madre. Ven a Londres, me dijo. Pero en realidad me dijo otra cosa. Me dijo: sé parte de mi vida, viaja conmigo por el mundo, tú escribirás las crónicas de viaje más hermosas y yo tomaré fotografías de niños árabes, de barcas balinesas, de prostitutas cubanas. Viajemos juntos, tú con tu computadora portátil y yo con mis cámaras. Recorramos el mundo como gitanos.

Entre la bruma de mi conciencia enferma escucho una voz que habla de mí, supongo. «Lo trajeron inconsciente. Embolia. Era una mujer vestida de terciopelo negro». Mi cuerpo es pesado y no me responde. No sé si mis ojos están abiertos. La voz debe ser de una enfermera. Debe ser una de esas voces que confundo con aquellas de mis fantasmas. «Embolia. Cuerpo roto. Lo trajo y se fue. Desapareció».

Terciopelo negro en la sala de emergencias del hospital de San Francisco. Todo signo de destrucción, no de interrogación. Hospital antesala de la vida y de la muerte. Una mujer que vestía encajes y terciopelo negro. Sé quién es, pero no sé cómo se llama. Casi la conozco. Cuerpo roto, perfume ido de musgo, tacto de mujer, cabello de humo. Palacio de carne derruido. Olfato, incienso y velas. Uñas enterradas en la piel. Dedos enterrados en cada orificio de un cuerpo sumiso. Ruina y conciencia.

¿Qué cosa es el cuerpo sino el problemático instrumento de nuestros instintos, nuestras necesidades y nuestros deseos?

Yo, que siempre amé los cuerpos y la perfección de la piel, la dureza de los músculos, la flexibilidad de los miembros, tuve la desgracia de vivir con esta cicatriz la mayor parte de mi vida adulta. La primera pinche ironía fue esa: vivir con una cicatriz que yo supuse tan repulsiva que cuando finalmente me puse de nuevo en circulación después del accidente, me tomó un buen tiempo recuperar la confianza de sacarme la ropa a la luz del día o en la intimidad de un cuarto compartido. Explicaba a quien ya estaba lista para desnudarse frente a mí que tenía una cicatriz desagradable y con miedo las dejaba desabotonarme la camisa. Buscaba algún signo de repulsión, algo en sus ojos, una contracción de los músculos oculares que denunciara rechazo o asco. Nunca pasó. La más sincera fue una chica brasileña que silbó cuando me quité la camisa y dijo algo así como «qué carajos te pasó» con una sonrisa enorme que correspondí con otra y una breve explicación que era una mentira: un accidente de motocicleta.

Gracias a mi cicatriz comprobé que la mujer, por lo general, no tiene los mismos prejuicios que el hombre y busca algo diferente en la entrega física. Su conexión con el cuerpo del varón se da en función de algo más primario que trasciende al cuerpo mismo. El varón se entrega —si es que acaso se entrega— a la apariencia, a la superficie. La mujer busca algo esencial que no está definido por la perfección del cuerpo, se entrega a la profundidad. El varón está atrapado en la idea griega clásica que confunde la belleza interior con la exterior, no la distingue. De acuerdo con esta idea absurda hay un equilibrio necesario entre la belleza física y la moral: si el cuerpo de una mujer es bello, ella por consiguiente tiene que ser buena e inteligente, sincera, fiel y otra sarta de estupideces que la mayoría de los hombres aceptamos sin cuestionamiento alguno. La mujer, por el contrario, no cae en esa trampa. Acepta la imperfección, tanto la interna como la externa, y las cicatrices más grotescas porque su mirada penetra más allá de la piel, más allá de la herida en la superficie del cuerpo.

La segunda pinche ironía es la de estar ahora atrapado en mi cuerpo. No puedo hablar, no puedo moverme, no tengo control sobre mis funciones físicas. Me cago y me meo y las enfermeras me tienen que cambiar varias veces al día.

Pero antes de este colapso, mi cuerpo fue un boleto de entrada al paraíso. Gracias a él fui Narciso y busqué en las aguas de otros cuerpos una imagen.

No busqué el reflejo de mi rostro. Fui un Narciso que se disolvió en el agua femenina, que se permitió ser absorbido por esa superficie limpia y cristalina, transparente.

Me incliné en esa agua azuzado más por mi curiosidad, que por algún sentido de vanidad. Me incliné en cada uno de esos cuerpos víctima de mi nostalgia humana por el paraíso y víctima de mi melancolía. Me incliné sediento de algo más que agua en esos espejos de saliva y gemido nocturno para beber y ser bebido. No quise mirarme. Quería cómplices. Testigos. Quería un eco.

Por eso la ironía es doble. Ahora todos los ojos que me ven son testigos de mi ruina. Los rostros de los otros se inclinan sobre el manantial seco de mi cuerpo y ven únicamente el paisaje yermo de la destrucción física. Nada indica que alguna vez todo el sentido de mi vida fue el placer.

Es en la ruina que ahora entiendo que el abismo verdaderamente está en la superficie.

Nadie sabe, excepto Sabine y la mujer sin nombre que me trajo, que estoy aquí. No sé cómo se enteró Sabine, cuándo volvió, quién la pudo haber llamado. Fui tan discreto que nadie tuvo nunca información completa sobre mis quehaceres amorosos o, en este caso, mis desgracias. Sabine viene a visitarme y yo no puedo corresponderle ni siquiera con una sonrisa. Ella debe intuir que entiendo lo que me cuenta y tal vez por eso se queda por horas. Me peina y me da un beso en la frente antes de irse. No sé cuando llegó ni cuando se irá. No sé cómo se enteró de todo esto. Sus lágrimas me duelen más que mi silencio.

¿Por qué Marianne?

¿Por qué es ella la primera mujer que acude a mi memoria en este mapear de emociones y nudos de garganta?

Tal vez porque ella fue mi primera hermana.

Baudrillard me dio la clave de esto. Hace algunos años, mientras preparaba un curso sobre la nueva novela de América Latina, me reuní con un escritor en la Ciudad de México para conversar sobre su novela más reciente. De aquella conversación, que publiqué unas semanas después en una revista literaria de San Francisco, me quedaron al menos dos asuntos pendientes, dos problemas dándome vueltas en la cabeza. El primero tenía que ver con los riesgos de crear una protagonista femenina en una novela, vista desde un punto de vista masculino. El segundo tenía que ver con cuestiones puramente estilísticas: la fusión de prosa y poesía en un punto medio, como la fusión de cuerpo masculino y femenino en un punto intermedio y absoluto en el momento del acto amoroso. Cópula y literatura. Escritura del orgasmo.

Buscando respuestas me encontré a mi regreso en la biblioteca de la universidad donde doy clases con unos viejos escritos de Baudrillard donde menciona muy de paso a la «hermana gemela» de Narciso. Esto me sorprendió . Yo no sabía que Narciso hubiese tenido una hermana, y menos que esta hermana fuese su gemela idéntica. Según la historia que refiere el francés Baudrillard, Narciso estaba enamorado de su gemela. Los dos vestían la misma clase de ropa, se arreglaban el pelo de manera similar e incluso salían a cazar juntos en los bosques −¿qué cazaban? Cuando la hermana de Narciso muere (por alguna razón que Baudrillard no explica), aquel da principio a un ritual angustioso. Va todos los días a contemplarse a un manantial, pero no para buscar en el reflejo de las aguas su propia imagen, como siempre hemos supuesto, sino a intentar desesperadamente rescatar, a partir de la imagen de su propio rostro desconsolado, la ilusión del rostro de su hermana muerta.

La búsqueda de Narciso es la búsqueda del otro dentro de sí mismo. El otro que ha desaparecido, que ha sido perdido para siempre. La hermana de Narciso se convierte no en un recuerdo, sino en una imagen real pero engañosa, esbozada cruelmente en el reflejo incestuoso del rostro de su hermano. Narciso se miente, y este engaño (¿qué amante no desea el engaño?), este juego de espejos abominables le produce un vértigo irresistible que él mismo provoca cada día con cierto masoquismo inevitable, puesto que es en sus propios rasgos donde Narciso encuentra la imagen de la perfección ida, del amor para siempre ausente. ¿Habrá peor tortura que esta?

Marianne fue la primera de mis hermanas gemelas. Por supuesto, esa identificación fue estrictamente metafórica. Marianne era rubia, alta y tenía ojos azules. Yo era casi su opuesto. Moreno, alto, cabello negro, ojos más negros que mi cabello. Siempre me vestí de negro, como ella, pero tal vez por razones distintas. Quizás para hacer resaltar el color de mi piel o quizás porque, como le escuché decir un día al poeta Michael McClure: «Aquellos que nos vestimos de negro guardamos luto por nosotros mismos».

Marianne me mostró que podíamos ser iguales más allá de esa apariencia. No fue fácil. Para comenzar, yo soy mexicano y esto puede ser un serio problema. Crecí con mi ración de chauvinismo charro. Con un sombrero y el lienzo tricolor metidos en el culo como señal de identidad, indeseada pero obligatoria. No fue sino hasta que dejé la Ciudad de México cuando me volví realmente mexicano. Nunca antes se me ocurrió pensar que tenía que serlo, salvo en aquellas ocasiones en que todos lo somos: día de la Independencia, tequila y gritos en el Zócalo: masiosares ebrios de fervor exaltado. Me convertí en mexicano en el extranjero porque los ojos de los extranjeros (y a partir de entonces yo fui el extranjero, ya no ellos) me exigían que lo fuese. Aprendí, un poco a mi pesar, a ser mexicano de tiempo completo, y esto significó trazar una línea divisoria para observar desde afuera mi país y tratar de entenderlo; para poder cuestionarlo con objetividad (¿con frialdad?) y así intentar establecer algún día qué piel, qué afiliación sentimental, qué pasaporte del espíritu usaría para viajar desde mi corazón hasta mi boca.

Aprendí —porque lo consideré indispensable para mi aprendizaje de extranjero— a rechazar esa identidad ranchera y provinciana que me fue impuesta desde mi infancia de uniformes escolares y poemas mediocres a la bandera cada lunes, flanco a la derecha, ya. Y me quedé vacío.

Me despojé de esa patria oficial como quien rechaza un abrazo indeseado. Dejé esa idea de mexicanidad atrás de mí como si se tratase de una madre posesiva, chantajista, manipuladora, egoísta. Quise cambiar de piel y me quedé vacío.

Marianne me dio la clave que me permitió encontrar una identidad tribal que yo intuía pero no sabía frasear. Con ella y a su lado descubrí una tribu universal hecha de viajeros, expatriados e inmigrantes. Una tribu nueva, pero con una historia antigua, que se comunicaba a través de gestos y signos, de códigos y actitudes comunes a muchos otros miembros de esa tribu sin fronteras. Nos reconocimos porque yo ya comenzaba a hablar ese lenguaje claro y libre. Mi desnudez apátrida no me hizo vulnerable ni me destruyó; por el contrario, me dio la posibilidad de adquirir una identidad propia, libremente elegida.

Marianne vino, y sin proponérselo me dio la bienvenida a esa tribu que viaja por el mundo sin himnos y sin ceremonias oficiales. Me trató como su semejante y yo la amé de la misma manera.

## 13

Dos meses después de habernos encontrado en Nueva York, Marianne llegó a San Francisco proveniente de Londres. Venía a quedarse, me dijo, por un «tiempo indefinido». Sus planes eran, más o menos: obtener información sobre una maestría en fotografía en el California College of Arts and Crafts de Oakland; trabajar con un grupo de fotógrafos locales que conoció en Praga; tomarse una vacación en las playas del sur de California y documentar el paisaje humano de la costa oeste de los Estados Unidos. Yo supuse que sus planes eran parte de una estrategia que le permitiría estar cerca de mí, pero no hice preguntas. Las preguntas únicamente producen más preguntas.

La recogí en el aeropuerto y la llevé a mi casa, donde se quedó por unos días antes de irse en mi auto a Los Ángeles, donde había dos grandes exposiciones que quería ver. Una de Tina Modotti y otra de Manuel Álvarez Bravo.

Su llegada fue algo que yo había venido anticipando con ansiedad. Dos meses de mensajes electrónicos, de llamadas telefónicas a horarios absurdos, de recordar el calor y la humedad de nuestros cuerpos enredados en su cama del hotel Washington Square. Y su olor, sobre todo su olor. Olía a frutas orientales, a incienso. Su piel tenía el olor de un templo escondido en medio de una selva y en ese templo oficiaba de sacerdote mi deseo. Cuando salió del avión y la pude ver de nuevo me di cuenta una vez más del porqué de esa ansiedad. A los veinticuatro años su belleza era realmente notable. Su estilo de vestir era acentuado en cada curva por la seguridad absoluta con la que caminaba. Su manera de moverse entre esa masa norteamericana de apariencia insípida e idéntica entre sí la distinguía por lo que había en ella de felinidad espontánea. Cubría su cuerpo con ropas de satín y seda negra. No usaba ropa interior. Sus caderas eran anchas como mi apetito y el cabello le caía apenas sobre los hombros como un aura en un cuadro medieval.

En mi departamento mis gatos se enamoraron de ella y yo la quise más por estar allí. Recorrió con curiosidad mi espacio. Se detuvo a ver mis libros, mis discos compactos, mis cuadros de artistas mexicanos. Como si fuese un gato reconociendo un territorio nuevo, abrió mis clósets y olió mis camisas. Su olfato comenzó a apropiarse de esa geografía reducida. Finalmente lo aprobó con una sonrisa confirmatoria. Luego quiso un té que yo arruiné porque mi sangre no es inglesa y nunca supe a qué temperatura tenía que calentar el agua. Me abrazó y mirándome a los ojos me dijo que no quería interferir con mi trabajo y que se iría cuando yo se lo pidiese. Y yo la quise más por eso.

Cuando entró al baño a darse una ducha, yo me quedé sentado en la sala mirando su bolso de viaje y el maletín de cuero que contenía su equipo fotográfico. Encendí un cigarrillo y tuve miedo. Estaba acostumbrado a vivir solo, y de pronto tenía frente a mí la evidencia de que esa libertad estaba amenazada. Su equipaje, callado sobre el parquet, era una declaración muda de amor, pero era también una prueba tangible de que aquello que fue posible gracias al azar necesario, gracias a la ley universal de los encuentros, estaba a punto de convertirse en algo definido, en algo controlado por el deseo de la presencia constante del otro y la obsesión humana de ahuyentar la soledad. El espejismo del otro estaba a punto de destruirse. Una piedra caía en el agua serena del manantial.

Pero su salida del baño, cubierta con mi bata y secándose el pelo con mi toalla, su mirada azul y su andar cuidadoso me hicieron olvidar por un momento mis preocupaciones. La abracé y la conduje a mi habitación, donde la bata cayó a los pies de la cama y yo caí a los pies de mis deseos.

Salíamos a cenar todas las noches. A veces, caminando de vuelta a casa, nos deteníamos en el café Babar en la esquina de las calles Veintidós y Guerrero, donde ella ponía monedas en el *jukebox* y escogía canciones de Patsy Cline, Tom Waits y Tony Bennet. Marianne se tomaba un par de espesas Guinness y yo pedía vasos de merlot chileno mientras hablábamos de películas, de libros, de sus viajes. Fueron días de vino y rosas. Volvíamos a casa y continuábamos tomando hasta altas horas de la noche. Yo tenía en mi departamento una reserva inagotable de vino tinto y cerveza. Nos embriagábamos escuchando música, reíamos y bailábamos por horas, luego hacíamos el amor como si no hubiese futuro, como si ya desde ese momento irrepetible supiéramos que lo nuestro no llegaría a ese incierto siempre. Continuábamos bebiendo hasta la madrugada y hartos de besos y de lamernos cada pedazo del cuerpo nos quedábamos dormidos sin siquiera tocarnos.

Cuando Marianne se fue a Los Ángeles a ver sus exposiciones de fotografía pasaron dos cosas que me afectaron profundamente. La primera fue un sentimiento de desconsuelo porque su nueva y breve ausencia me trajo una sensación de alivio completamente inesperada. Había deseado tanto volver a verla que ahora que se había ido por unos días me sentía culpable por no extrañarla. Su llegada alteró mi orden cotidiano. El libro de ensayos sobre la narrativa de Juan García Ponce que venía escribiendo hacía casi un año —y que según yo terminaría en ese sabático que trajo eventos más que inesperados— quedó arrinconado desde que ella entró intempestivamente en mi vida con sus flashazos impertinentes. Primero, puesto que ella se marchó a Inglaterra, no pude concentrarme en mi trabajo. Le escribía *mails* interminables y buscaba la música que me hacía recordar nuestros días neoyorquinos. Y ahora que estaba aquí y que todo mi tiempo era suyo, yo perdí la agridulce costumbre de extrañarla. Su nueva partida me devolvió por unos días mi rutina y mi sobriedad. Estaba agradecido de que mi departamento fuera nuevamente mío, de mis gatos y de nadie más.

No la extrañé.

El segundo suceso fue la aparición maravillosa de Sabine.

En su *Diario de un seductor*, Søren Kierkegaard, el filósofo danés (y poeta frustrado, aunque, ¿cuántos filósofos no son poetas frustrados?), nos relata la historia de un seductor espiritual, Johannes.

Johannes, *alter ego* de Kierkegaard, es un seductor más interesado en la posesión del alma que en la del cuerpo. Su víctima, Cordelia, es una doncella delicada e inexperta (¿y no son así las víctimas de todo seductor?), quien, como Johannes, es también el *alter ego* de una persona real: Regina Olsen. Kierkegaard, en su juventud, sostuvo un largo noviazgo con Regina, a quien conoció cuando ella tenía tan sólo catorce años. La relación entre ambos nunca llegó a consumarse sexualmente, a pesar de los deseos de la impetuosa joven, puesto que como el mismo Kierkegaard lo insinuó en sus diarios personales, de manera necesariamente discreta, él creía ser impotente. El miedo al fracaso amoroso e intelectual como consecuencia del fracaso en la cópula lo volvió evasivo con Regina, y esta es precisamente la manera en que el protagonista de su libro se conduce a través de la narración del *Diario*.

Johannes, a diferencia de otros seductores arquetípicos, como Don Juan o Casanova, no es un hombre de acción, sino un seductor reflexivo, intelectual. Lo que más le fascina del proceso lento y delicado de la seducción no es el resultado final, lógico y predecible, es decir, la desfloración, la entrega apasionada, la virtud vencida. La emoción —*the thrill*— que este tipo de seductor busca, proviene de la aplicación calculada y fría de la estrategia: el proceso mediante el cual se desarrolla la paulatina conquista espiritual y física de su adversaria. Lo que más le excita es el «cómo» de la conquista, que es justificada por la calidad de la inocencia y la virtud, siempre extraordinarias, de la seducida. Calidad *versus* cantidad. Johannes es un esteta auténtico: un poeta decadente de la seducción.

Para Johannes, la energía invertida en la seducción debe encontrar inspiración en la construcción minuciosa de un mecanismo delicado que va tejiendo con la misma paciencia y perseverancia con la que una araña teje su trampa. Pero el seductor puro no se distrae con moscas; sólo mariposas monarca. El único epígrafe que el danés escoge para el libro —dos versos octosílabos de la ópera de Mozart, *Don Giovanni*— es más que significativo, es indispensable:

*Sua passion' predominante*
*è la giovin principiante*

En las notas que Johannes escribe en su diario mientras se ocupa de la seducción de Cordelia, uno se da cuenta de inmediato de qué tan lejos se ubica este seductor de aquella vulgaridad utilitaria más propia del vampiro donjuanesco:

No cabe duda de que estoy enamorado, pero no en el sentido ordinario, lo cual es algo que debe ser tratado con gran precaución ya que puede tener consecuencias peligrosas; de cualquier manera, esto sucede solamente una vez en la vida. Aun así, el dios del amor es ciego; uno puede engañarlo con un poco de astucia. Lo importante es ser tan sensible a las impresiones como sea posible; saber qué tipo de impresión uno produce y qué tipo de impresión uno recibe de cada doncella. Así uno puede enamorarse de muchas mujeres al mismo tiempo, de una manera distinta con cada una. Nunca es suficiente amar solamente a una y amarlas a todas por igual es indigno; pero conocer las capacidades propias y amar tantas como sea posible; dejar que el alma crezca en toda su magnitud por amor, dándole a cada una el alimento adecuado mientras todas se cobijan al amparo de una gran conciencia... ¡esa es una bendición por la que vale la pena vivir!

Sin embargo, Johannes necesita ejercer un control absoluto sobre todos los aspectos relativos al proceso de la seducción. En esto no se diferencia del seductor vulgar. El propósito, a fin de cuentas, es el mismo: someter.

Su método de seducción, no obstante, debe apreciarse por la sofisticación que demuestra. Kierkegaard es un filósofo con alma de poeta romántico. Por lo tanto, Johannes es un seductor con raíces románticas: es un seductor *puro*.

Hay quien dice que la realidad es como un libro, un texto múltiple —textil de significados. Pero si estamos dispuestos a darle crédito a esta afirmación, tendríamos que preguntarnos entonces si hay una realidad más difícil de leer que aquella que teje con el hilo negro de nuestro apetito el texto indescifrable de nuestra sexualidad.

En el caso del seductor impuro, el *Casanova vulgaris*, el problema de cómo leer a la mujer-texto se resuelve fácilmente: la mujer es leída como un texto de consumo inmediato (¿una fotonovela?, ¿un folletín sentimental?, ¿una novelita porno?) desechable y sustituible.

El problema del primer tipo de seductor, el puro, es complicado porque la seducción se convierte en un asunto de orden moral. Para este cazador la seducción no es un juego, no es un deporte, no es una aventura. Su mirada materializa su desasosiego metafísico, su ansiedad e insatisfacción espiritual; todo esto es el filtro que media entre sus ojos deseosos y la carne de su presa. Cada proyecto de seducción representa para él (¿y para ella también, la seductriz pura?) la posibilidad de resolver un conflicto de aspiraciones y contradicciones de orden ético y estético. Como no sigue únicamente las órdenes de su cuerpo nada le pasa desapercibido; para él, todo es signo y gesto. Su seducción es siempre consciente, no es producto del instinto, sino del intelecto. Su lectura del texto femenino no es exclusivamente carnal, pero es siempre personal. El carácter íntimo con que realiza esta lectura lo hacen involucrarse de una manera que lo aleja de la frivolidad de un Casanova.

El seductor puro seduce lo profundo; el seductor impuro se queda deslumbrado ante la superficie brillante de la piel. Para el seductor puro, la mujer seducida es el resultado tangible de su imaginación, de su discurso; ella es la inversión (erótica-bursátil-versificable) de sus deseos más profundos, de sus miedos más inconfesables, de sus debilidades. Como ella es el resultado carnal y espiritual de sus propias palabras, para él la apuesta del amor es más riesgosa, puesto que nadie sino él es quien la ha inventado con trozos de sus poemas y sus declaraciones, de su obsesión y su conciencia en llamas, convirtiéndola en la enamorada encarnación de su neurosis y sus traumas. El seductor puro invariablemente termina convirtiéndose en una especie de doctor Frankenstein de la seducción. Aguas.

No soy un cacique ni un caudillo, no soy un hombre poderoso, pero estoy postrado en el que tal vez será mi lecho de muerte recordando mi imperio.

Como Artemio Cruz, escucho voces a mi alrededor. A diferencia de él, las voces que escucho hablan de mí en inglés, o hablan en el idioma de la indiferencia de otras cosas más importantes para ellos que mi cuerpo tendido sobre la cama. A veces es la voz de Sabine (¿cómo supo que estaba aquí?) la que llena el cuarto con sus demandas y preguntas, pero generalmente son las voces de las enfermeras que conectan y desconectan sondas y tubos o limpian mi cuerpo, las de los doctores que son arrogantes en todo el mundo, las que vienen del pasillo y son como un eco que a veces no distingo de entre aquellas que surgen de mis sueños. Como Artemio Cruz, estoy vencido por mi cuerpo, por mi apetito insaciable, por mis excesos.

Pienso en Artemio Cruz y pienso automáticamente en un abuelo simbólico. El mexicano de mitad del siglo *versus* el mexicano del final del siglo. Otra manera de hacer las mismas cosas. ¿O las cosas son realmente las mismas?

Cuando salí de allá, gracias a la beca que la tía Teresa tuvo el buen gusto de darme antes de morirse, pensé que no iba a aguantar más de un año fuera del DF. Nunca tuve novia, y la única que tuve, Dulce, me amenazó con todo para que no me fuera o volviese cuanto antes. Mi madre se encargó de contarme el chisme de que apenas yo puse los pies en California Dulce se quedó embarazada del que es ahora su marido. Me fui quedando en Estados Unidos poco a poco. Hice primero una maestría y luego el doctorado. Después conseguí una plaza en una universidad de San Francisco. Al cabo de los años me descubrí instalado en la vida fácil de California, disfrutando las comodidades o simplemente tolerando las restricciones del primer mundo, qué sé yo. Un trabajo bien pagado, dos o tres alumnas ansiosas de salir conmigo al final de cada semestre, una colección decente de ropa y plata suficiente para comprar libros, salir a cenar o viajar a donde se me diese la gana.

Mi relación con México cambió. Un par de viajes cortos al año para visitar a mi familia, reunirme con escritores a hablar de su trabajo, comprar libros y ver, a medida que pasaba el tiempo, cómo los corruptos en el poder le iban dando en la madre cada vez más a la ciudad. En la vida de todos los días mi relación con México era de espectador. Leía un par de diarios mexicanos en internet, veía las noticias de América Latina en la mediocre televisión hispana. Una relación cómoda y filtrada por la distancia, la nostalgia y la visión de mi país como una metáfora finisecular y dolorosa del ocaso de los tiempos.

Sin embargo, la razón profunda de que me fuera quedando en California tuvo más que ver con ese flujo interminable de mujeres que fueron ocupando mi tiempo y mi cabeza a medida que los años pasaban. Siempre hubo alguien a quien llamar, con quien salir, alguien de quien huir a las dos de la mañana, con esa urgencia característica de las relaciones circunstanciales, de vuelta a mi departamento y a mi propia cama donde mis gatos me esperaban.

Recuerdo con dolorosa claridad que mis años de adolescencia en México fueron terribles. Mis padres no tenían dinero pero la tía Teresa sí. Ella había heredado toda la plata del abuelo, un inmigrante español de origen humilde que trabajó hasta reventar y se murió puteando a Franco, al presidente de México y a los yanquis, en ese orden. La tía Teresa me adoraba. Yo tocaba el piano y escribía poemas que rimaban para ella y mis primas. La tía me veía como un jovencito talentoso a quien tenía que apoyar para que algún día llegase a ser «tan famoso como Amado Nervo». Su afecto y su dinero hicieron posible que yo fuese a una escuela privada donde después de unas cuantas semanas fue evidente que yo provenía de una familia sin dinero. La primaria pasó sin mayores incidentes, pero la secundaria y la preparatoria fueron particularmente difíciles puesto que nunca tuve ropa decente, ni auto, ni plata para invitar a alguna chica al cine o a tomar un café. Me rebelé, y esa rebelión consistió en aislarme cada vez más y más. Las fiestas, las excursiones, los paseos con chicos y chicas de mi edad fueron quimeras. Nunca tuve, hasta que conocí a la efímera Dulce, una novia de manita sudada. Me refugié en los libros y en los estudios. Después me refugié en el alcohol y más tarde en las mujeres mayores que poco a poco fui conociendo. Por unos años nefastos me convertí en una versión chilanga, pero no tan decadente, de Bukowski. Terminé despreciando a esas chicas de la clase media y de la clase alta mexicana que no estaban interesadas más que en atrapar al candidato a marido más blanco, el mejor vestido, el de mejor familia, el que manejaba el auto más nuevo, el que les pagaba todo. Las desprecié por estúpidas y putas, por católicas e hipócritas, porque preferían que se las metieran por el culo antes que perder la virginidad. Las desprecié porque ninguna de ellas vio más allá de mis bolsillos vacíos y mi ropa descolorida.

Sabine. Sabine.

Nadie quiso conocerme como lo quisiste tú. Nadie quiso explorar tanto como tú mis abismos y mis fracasos. Tal vez porque tu origen era también una pregunta sin respuesta, un signo de interrogación, tal vez por eso quisiste ser mi hermana. Desde que te conocí ocupaste mi pensamiento cada mañana, y aun en este instante suspendido de ruina me despierto de esta pesadilla de vez en cuando pensando solamente en ti. Te conocí de la mejor manera posible, ¿recuerdas?

Estabas en aquel bar de San Francisco con dos chicas de tu edad. Yo iba rumbo a una fiesta y me detuve a tomar un trago porque todavía era temprano. Escuché español, no, escuché chilango y me acerqué. ¿Son mexicanas? Sí, respondieron ellas agradablemente sorprendidas de encontrar a alguien de su ciudad. Tú me clavaste los ojos y todavía me duelen. No, dijiste sin sonreír, yo soy argentina. Tus amigas me invitaron a sentarme a su mesa y al cabo de un rato las invité a mi fiesta en la casa de unos amigos brasileños. Como declinaron, me despedí a los pocos minutos, pero para entonces yo ya había decidido que tendría que verte a solas, que necesitaba conocerte.

Como atendiendo a una orden, a la semana siguiente (¿encontraría a la argentina?) a la misma hora estabas en el bar, completamente sola, leyendo, de todos los libros, *Rayuela* de Cortázar. Qué tarde en la vida llegas a Cortázar, me acerqué por atrás de ti, bromeando, y te repetí de un tirón, porque lo sé de memoria, todo el capítulo siete de *Rayuela*: «Toco tu boca, con un dedo toco el borde de tu boca...». Tú me reprochaste que te reclamara el no haber leído antes ese libro, y tenías razón: a tus veintitrés años ya lo habías leído dos veces. Tomamos, tú un cosmopolitan, yo un martini, y salimos a la noche del distrito de La Misión a conversar sobre escritores argentinos, tangos, que tú no disfrutabas por anticuados y tristes, y Charly García, a quien yo detestaba y cuyas canciones parecías saberlas todas de memoria. Sabine, Sabine. Eras argentina con sangre y nombre franceses y tu cabello largo cayéndote en la espalda era una provocación, una declaración de guerra a mi rutina, un reto a mi cordura. Rechazaste mis avances durante más de treinta días, pero cediste finalmente a mis palabras, a mi labia de lobo mayor y astuto.

No hubo en mi vida nadie más bella que tú, Sabine. Nadie tuvo esa sonrisa, catarata de luz, rocío de mayos desprendiéndose del árbol de la noche, relámpago de huellas digitales sobre tu piel oliva. A tu sombra joven dejé crecer mi voz adulta y la idea de que algún día lejano tendría que sentar cabeza. También dejé, pero más tarde y como un pecado horrible, mis prejuicios mexicanos contra los argentinos, no nada más porque te amaba sino porque huyendo de mí y amándote me vi de pronto un día descendiendo en el aeropuerto de Buenos Aires, el Ezeiza, huyendo de mí y siguiendo el perfume de tu piel, buscando el cristal cortado de tu risa.

19

Un mediodía nublado Marianne volvió de Los Ángeles bronceada y feliz. Las exposiciones valieron la pena y Marianne aprovechó esa corta estancia para escaparse a la playas de Santa Mónica y Huntington Beach, donde las noches son largas y la gente un poco como de plástico. Aquel orden sentimental y erótico establecido por su llegada de Londres ya había sido alterado por la aparición inesperada de Sabine. A pesar de esto yo estaba feliz de tenerla nuevamente a mi lado, de escuchar en su cachondo acento británico, sus detalladas descripciones de algunas de mis fotografías favoritas de Modotti y Álvarez Bravo, así como su reacción a las playas del sur de California, imperio del silicón, la plata y la cerveza mediocre. Me contó su altercado con la policía, causado por su costumbre de tomar el sol sin la parte de arriba del bikini. Es un país de aldeanos, me dijo. Me gustó la manera en que se dejó impresionar por las imágenes congeladas de los fotógrafos y me gustó su opinión de una región del estado donde yo vivía desde hace muchos años y evitaba con fervor casi puritano.

Me gustó tenerla entre mis cosas nuevamente y mirarla mientras le ponía mantequilla a un pedazo de pan, dándome la espalda mientras yo recorría con la mirada sus caderas, su cintura angosta, los hombros desnudos y el tatuaje reciente de una pantera en rojo y negro en la parte de atrás de su hombro derecho. No tenía ese tatuaje cuando la conocí en Nueva York. Se lo hizo en Madrid y me envió una postal que explicaba en tres líneas por qué se tatuó la piel en mi honor: «La pantera, como tú, es el único animal que despide una fragancia invisible que usa para atrapar a sus víctimas...». Estaba enamorada y yo también. Pero yo comenzaba a sentirme dividido.

## 20

Nunca le había mentido a una mujer. Quien piense que mentir es una estrategia aceptable en la relación entre el hombre y la mujer demuestra que no conoce absolutamente nada del alma femenina. Por eso fue que en cuanto salimos juntos por primera vez le informé a Sabine de la existencia de Marianne. No oculté nada, ni mi amor por ella ni el miedo a perder mi libertad. Pero cuando Marianne volvió del sur de California no supe cómo informarle de mi reciente amistad con la argentina. Era explicable, pero no pude frasear una simple oración que no la lastimara. Se suponía que yo iba a trabajar en mi libro de García Ponce; se suponía que en su ausencia yo la extrañaría y desearía únicamente su pronto regreso, nada más. Pero, como solía decir mi padre: «si quieres que Dios se ría, cuéntale tus planes».

Decidí hablar con Sabine y explicarle la situación. Sabine, que para entonces ya se estaba acostumbrando a mi presencia y a mi llamado insistente, me dijo que esperaría un tiempo razonable hasta que yo resolviese qué haría. Me concentré en Marianne lo más que pude, pero un día me descubrí emputado porque quería hablar con ella en español de «El gato», uno de mis cuentos favoritos de

García Ponce, y no pude hacerlo. Comencé a resentir su presencia.

Marianne me enfrentó: «*What the fuck is going on?*, pensé que querías estar conmigo, ¿qué carajos te pasa?». No supe qué decir. Evadí el enfrentamiento y me encerré en mi estudio a fumar y a tomar vino tinto mientras escuchaba tangos de Julio Sosa, porque el tango es al alma del hombre atormentado lo que el perfume francés al cuello de una mujer enamorada.

## 21

Me habitó el gato.

Un día cualquiera hace algunos años me desperté y como todos los días preparé el café, hojeé algunas páginas del diario y me metí a la ducha. Al terminar de ducharme vi en el espejo mi cuerpo desnudo, la cicatriz en forma de signo de interrogación, mi vello púbico, mi sexo semierecto, mi cabello largo, los hombros anchos, la piel morena y mis ojos negros. Vi la pantera que años después Marianne habría de percibir y definir.

El gato comenzó a habitarme, comenzó a crecer dentro de mí en algún momento de mi vida, sin que yo me diese cuenta. La ropa negra, mi manera de caminar, mis silencios, mi forma de ser elusivo, arrogante, vanidoso, egoísta. Todos atributos felinos, todas herramientas de algún oficio oscuro, síntomas de alguna *maladie* contemporánea, contagiosa, posmoderna.

Mis gatos, dos hembras y un macho, siempre durmieron en mi cama. Cordelia, Fuensanta y Legión. La primera, como la Cordelia del seductor de Kierkegaard, es una gata de naturaleza gentil y delicada; una especie de doncella intocada, quieta, amorosa. Fuensanta es eléctrica, sensual, sensible a mi tacto y a sonidos que yo nunca identifico. La primera vez que Fuensanta entró en celo (primera y última, ya que no pude soportar esa experiencia y la llevé de inmediato al veterinario para que la esterilizara) aulló como una puta salida del infierno, como una pecadora irredenta. Se pegaba a mis piernas y se revolcaba por el piso mientras Cordelia la evitaba y huía a esconderse entre mis libros. Como la Fuensanta del poeta López Velarde, mi segunda gata es un animal erótico, perturbador, enlutado y elegante. Legión es todos los demonios reunidos en su cuerpo elástico y ancho. Tiene una apariencia torva y maligna, pero de los tres, Legión, es el más fiel, el que siempre entendió mis estados de ánimo cuando yo estaba en casa, y seguramente el que más me extraña en mi ausencia, inexplicable para ellos. Mis tres gatos son negros como una acusación.

El felino que fui sin proponérmelo entró en el bosque de la noche, como el tigre de William Blake, pero ese bosque fue un laberinto sexual cuyas paredes son espejos manchados, uñas filosas color sepia, ciertos sonidos guturales, paredes en cuyo eco y cicatriz se retuerce también la silueta de un cuerpo.

¿Cómo trazar un itinerario en un laberinto? ¿Cómo articular aquello que no tiene nombre?

*And what shoulder, & what art*
*Could twist the sinews of thy heart?*

Blake habla de un tigre (*Tyger*) múltiple, que arde intensamente en un bosque nocturno. Tigre inmenso, indefinible, de mirada tan insoportable como el abrazo del ángel de Rainer Maria Rilke. El ángel de Rilke es, tiene que ser, femenino; pero el tigre de Blake es masculino. Me imagino que estos dos podrían copular y darnos otro animal para una mitología más moderna y más oscura: una gárgola finimilenar, irremediablemente trágica y gótica.

Yo, que siempre estuve obsesionado con los vampiros, cambié esta obsesión hace muchos años por la de los ángeles hasta que un día me dieron asco. Hay hasta series de televisión con ángeles. De tanto verlos comercializados con gusto asesinaría a uno de ellos sin sentir la menor culpa. Los vampiros pasaron por una etapa similar. Las novelas de Anne Rice, las películas de Tom Cruise y Tarantino; una suerte de renacimiento del mundo de la noche que duró sus quince minutos warholianos hasta el cuarto para las once. Maté al ángel y volví a las velas negras del vampiro, que es casi un gato alado.

Pero el gato es discreto y elusivo. El gato es el suspiro del tigre.

De tan poderoso que es el tigre, hace brotar un gato diminuto de su aliento con cada exhalación, como un dios que hiciese sus criaturas a su propia imagen y semejanza. Como surge del interior de las fauces del tigre, el gato está imbuido de su electricidad y su energía, de su gracia y de su instinto, de su intuición y su sensualidad, de su elegancia y su barrera ocular con el mundo. El gato, como el tigre, nos aleja con su mirada.

La mirada del gato es de todos los signos conocidos el más equívoco e indescifrable.

## 23

Marianne intuyó que yo necesitaba recuperar ese espacio y decidió rentar un estudio en el distrito gay de San Francisco. Yo se lo agradecí y me dediqué a intentar volver a mis proyectos y a extrañarla. No busqué a Sabine de inmediato. Traté de concentrarme en mi trabajo, en mi libro, en mi vida tal y como era antes de Marianne. Como mis intentos de ser disciplinado me fallaron, decidí irme a México, y con la excusa de que estaría muy ocupado no invité a Marianne. No sé por qué me fui. Sabine estaba a punto de regresarse a la Argentina, e irme a la Ciudad de México a esas alturas significaba no poder estar con ella durante dos de las cuatro semanas que faltaban para su partida. Sin embargo me fui, tal vez pensando que un poco de colonia Condesa, comida mexicana y esmog agresivo me servirían para poner algo de orden en mis ideas. Me fui porque estaba a punto de lastimar a alguien. Pero también me fui porque huir es un privilegio de los egoístas.

Una vez instalado cómodamente en el hotel del centro de la ciudad al que siempre llegaba a pesar de los reproches de mis padres, pensé que me dedicaría a mis actividades favoritas: emborracharme con mis amigos, saquear los estantes de El Parnaso y de la librería Gandhi, reunirme con escritores en los restaurantes de ese triángulo infernal y delicioso de la colonia Condesa, donde se come mejor que en San Francisco, irme a los clubes del primer cuadro a bailar, etcétera. Serían dos semanas de disipación que me harían olvidarme de mis dudas y mis obligaciones, pero sobre todo de las mujeres que amaba y no quería lastimar. Pero nuevamente la música improvisada de los días me puso enfrente una voz melodiosa, una mirada y una sonrisa que se detuvo en mí dos segundos más de lo apropiado.

## 24

Cuando era adolescente y nadie me hacía caso, soñaba con conocer a alguien que no se sintiera con el derecho de humillarme a cambio de su tiempo y sus besos. El ritual de enamorar a una jovencita mexicana en mis tiempos de adolescencia, en los años setenta y ochenta, era estúpido y humillante. No sé qué pasará ahora entre los jóvenes, todo cambia. Pero en aquel entonces mi falta absoluta de éxito entre las chicas de mi edad me hizo desear conocer otro tipo de mujeres. Tenía la vaga idea, la intuición, de que en algún lugar del mundo había mujeres que escucharían, que le prestarían atención a mis palabras, que no me verían como alguien «raro» que hablaba de cosas «diferentes». Quería creer que alguien me esperaba en algún lugar remoto y desconocido, y que desde su propia soledad ya aguardaba mi llegada, se preparaba para el futuro encuentro. Tuve razón. La vida fue generosa probándome que esa espera valió la pena de crecer en ese ambiente chato y clasemediero de la Ciudad de México. El paso de los años me dio la oportunidad de conocer algunas de las mujeres más fascinantes que hay en el mundo, puesto que San Francisco es una especie de versión condensada del mundo.

Hace unos años una amiga me preguntaba por qué razón nunca en mi vida adulta tuve una relación amorosa con una mexicana. No supe qué responder en ese momento, pero creo que me sentí avergonzado y culpable. Días después, recordando mi extraña reacción a aquella pregunta, me di cuenta de que en principio, ninguna mexicana quiso tener una relación conmigo. Ese descubrimiento me dolió por verdadero, pero atenuó el sentimiento de culpa. Si ninguna mexicana se dignó a amarme, ¿por qué chingados me tenía que sentir culpable? Recordé con amargura mi adolescencia en México. En los Estados Unidos la posibilidad de conocer una mujer mexicana era más reducida que en la Ciudad de México. Y cuando iba a México, aunque lo hacía con cierta frecuencia, no tenía el tiempo necesario para conocer a alguien, puesto que mis estadías raramente pasaban de dos o tres semanas seguidas, por lo tanto, el tiempo que normalmente dura un ritual de enamoramiento, de seducción simultánea, nunca era suficiente para que ese clic sucediera.

No sé cuántas veces me he enamorado porque contar mujeres es un insulto, no únicamente para ellas sino para uno mismo. Todas mis relaciones amorosas surgieron de un deseo avasallador e imperioso de conocer a otra persona, de saber en qué pensaba cuando no decía nada, qué música escuchaba a solas, qué libros leía antes de apagar la luz, a qué sabían sus labios, a qué olían sus axilas. Uno se enamora por pura curiosidad. No recuerdo un solo caso en que no me haya enamorado, aunque fuera parcialmente, de una mujer a quien seduje (¿o ellas decidían jugar a ser las seducidas?). A todas mis amantes les rendí mi tributo de dolor y de placer. Hubo algunas que no me amaron; las hubo que me amaron como amigo nada más; hubo quienes se acostaron a mi lado a dormir como hermanas. Hubo quien me amó y terminó odiándome. Pero siempre hubo, al menos de mi parte, pasión y entrega.

Por eso, cuando después de quince años de no haberme enamorado de una mexicana, tuve de pronto frente a mí los signos inequívocos de la mirada de Constancia entrándome a los huesos por los ojos, sentí una emoción y un desconcierto simultáneos que en verdad no conocía.

## 25

Este es un signo traducible. Del otro lado de la mesa, frente a mí, están Constancia, una pintora de Monterrey, Enrique, escritor amigo de la casa, y Margarita, esposa de Alberto. A mi lado izquierdo Alberto, a mi derecha un francés cuyo nombre no recuerdo. Constancia bebe su tequila con sangrita como yo y aprovecha cada sorbo para mirarme. La comida es espléndida. La casa es un homenaje al arquitecto Luis Barragán y en las paredes hay cuadros de artistas que reconozco, como los de la brasileña Bia Wouk, Toledo, otros oaxaqueños. Terminamos de comer y una de las empleadas domésticas anuncia que el café está listo. El café se sirve en la sala y aprovecho el cambio de ambiente para sentarme junto a Constancia a la vez que le digo al oído, sin que nadie demuestre sorpresa alguna, que tengo algo que decirle. Asiente con un movimiento de cabeza mientras retomamos la conversación con nuestros anfitriones y los otros invitados. Pasa una hora hasta que Enrique el escritor anuncia que tiene que irse a recoger a sus hijos; los demás vemos en eso una señal de que es hora de partir. Constancia va hacia el sur y yo le pido que me acerque a Coyoacán. No voy a Coyoacán pero no importa: si en ese mismo momento ella se estuviese yendo a Monterrey, con algún pretexto me iría con ella hasta la punta del Cerro de la Silla.

Ya en el auto me disculpo por usar el cinturón de seguridad (señal de agringamiento evidente ante los ojos de los mexicanos) y reanudamos la conversación hablando de temas neutrales. ¿Cómo conociste a Alberto? Qué comida más rica, sí, Margarita es absolutamente deliciosa. Llegamos a Coyoacán y le pregunto a Constancia si quiere tomarse un segundo café conmigo. Accede, y mientras caminamos del auto a la plaza bajo la sombra doble de la noche y los árboles me pregunta qué cosa tenía que decirle. «Que son cuarto para las ocho y es temprano. Que tengo tres gatos y estoy enamorado de dos mujeres que están en San Francisco. Que estoy escribiendo un libro sobre Juan García Ponce. Que siempre me visto de negro. Que tengo una necesidad imperiosa de conocerte, de olerte las axilas, de comprarte un libro, de ver el estudio donde pintas». Constancia se detiene y me mira fijamente a los ojos: «Si no estás hablando en serio mejor me voy». Sonríe, un poco insegura. Yo tomo su mano derecha, la beso y le digo que si se va, algún día se arrepentirá. La noche desciende lentamente sobre los canceles de las ventanas y la superficie empedrada de Francisco Sosa, mi calle favorita en Coyoacán. Vuelvo a besar su mano y al levantar los ojos veo que los suyos están cerrados.

Este es un signo perfectamente traducible.

## 26

Tengo tatuada la conciencia. Mis tatuajes no están sobre mi piel. Mentira: tengo besos y rasguños tatuados en la espalda. Tengo tangos tatuados en la nostalgia de una boca, poemas tatuados en mi ansiedad vigesémica. Mi vientre fue tatuado para siempre por una mujer de agua que grabó en él su nombre con sangre menstrual mientras me decía eres mío cabrón, solamente mío. Cada tatuaje cuenta una historia. A veces la historia no es la de un tatuaje sino la de una cicatriz. Pero la cicatriz es un tatuaje. Cicatriz: relámpago sobre la piel. El tatuaje es una cicatriz libremente escogida.

Nuestras historias de amor nos van dejando cicatrices sobre la piel del beso, sobre el alcohol que a tragos nos chorreamos en la herida interna del alma, sobre la incertidumbre de los días que pasan. Cada mañana la desnudez de nuestros cuerpos nos muestra esas cicatrices. Pero un tatuaje es una marca de soberanía sobre la piel, un territorio de sombra exclusivo, una sombra de luz, un ruedo taurino de caligrafía y melancolía epidérmicas. Caligrafía de penas, de rituales cumplidos en nombre de ese dolor moderno que produce el deseo ridículo de libertad, o cualquier cosa que se le aproxime.

Tengo tatuado un cuadro de Magritte en la retina, un arrepentimiento en el esófago, una lengua en la entrepierna, un silencio en la década de los setenta. Tengo tatuada la garganta con las palabras que no dije, las que escupí, la que viven en el futuro incierto de mis hijos nonatos. Tatuajes de semen en la espalda de amantes de una pinche noche, de lubricantes en el sexo de una mujer eternamente triste, de vino tinto escurriéndole en los pechos a una mujer en un hotel cerca del Paseo de la Reforma. Tatuaje o cicatriz de una mujer que conocí en un bar, de diez mujeres que conocí en diez bares y me amaron en los moteles de la borrachera. Tatuaje o cicatriz de orgasmos fingidos, de condones tirados en el piso, de cerveza, de números telefónicos intercambiados discretamente en servilletas de papel fugaces. *Anyone will do, could be you.* Cicatriz sexual. Cicatriz de la soledad del fin del siglo. *Let me be your love... Let me be your tattoo.*

## 27

¿Amor a la mexicana? ¿Por qué tendría que ser diferente de otros amores extranjeros? Constancia y yo nos tomamos el café en Coyoacán y luego caminamos lentamente, deteniéndonos ocasionalmente a admirar algunas de mis fachadas favoritas. Más tarde entramos al bar de un restaurante en Altavista mientras los signos de la seducción se manifestaban, tomaban forma. Una manera de detener la mirada en los ojos del otro, un silencio tenso de segundos eternos, roto por una sonrisa.

Constancia se acababa de divorciar y tenía dos hijas. Su exmarido era un industrial regiomontano con pedigrí, y ella misma era hija de una familia prominente del estado de Nuevo León. Estaba en el proceso de mudarse a la Ciudad de México como resultado de una decisión que tenía que ver con el deseo de poner tierra de por medio entre su vida de antes y su libertad reciente, pero también con su deseo de dedicarse a pintar más seriamente. Monterrey le estaba resultando chica.

Tenía un poco más de treinta años y algunas de nuestras experiencias de la infancia y la adolescencia eran similares. Crecimos viendo las mismas series televisivas, escuchando las mismas canciones, viendo las mismas películas de Jorge Negrete y Tin Tan en la tele, leyendo la Familia Burrón, desayunando Corn-Flakes de Kellogg's y cantando el mismo himno nacional en la escuela cada lunes. Nuestra comunicación era posible porque compartíamos un código cultural semejante y esto para mí era nuevo y disfrutable. Japonesas, rusas, suecas, francesas, italianas, irlandesas, gringas negras, blancas y amarillas, brasileñas e incluso españolas no pudieron darme esto. Yo, por mi parte, fui incapaz de darles nada, excepto el asombro de descubrir cosas en común a pesar de las grandes diferencias. Constancia usaba el español sin miedo, con seguridad. Tal vez porque siempre había sido una niña bien, una niña rica, y ser mal habladas como carretonero es un privilegio de las nenas de las clases altas mexicanas. Esa noche nos reímos mucho y esto es siempre un buen indicio.

La gente nos veía con cierta curiosidad. Los dos vestíamos de negro y había algo en nuestra actitud que denunciaba que no éramos de allí. Además, la belleza de Constancia era notable. Belleza hecha de contrastes: piel blanca, ojos verdes y cabello negro. Una Bettie Page norteña con un cuerpo que no trataba de esconder sino por el contrario, hacía resaltar sin inhibiciones con el escote del vestido negro de corte ajustado y elegante, las piernas largas, pálidas, sin medias. Una belleza segura y definitivamente nada común en una ciudad donde la inmensa mayoría de las mujeres no sabe vestirse ni maquillarse.

Como podía hacerlo, Constancia iba al menos una vez al año a Nueva York a ver galerías y a comprarse ropa en Chelsea y el Soho; a olvidarse de México y de su vida de todos los días. Cuando un día me dijo que México a veces le quedaba chico yo entendí lo que me quería decir. Me acordé de algo que yo le había cuestionado a nuestro país en repetidas ocasiones: a los mexicanos nos faltaba seguridad en nosotros mismos, nos faltaba seguridad respecto de nuestro pasado lejano y nuestro futuro inmediato. Pero lo que más resentíamos ambos era que a México le faltaba la sensualidad que sí existía en otros países del mundo, en otras culturas. Esos pequeños entendimientos hicieron que cada cosa que comenzaba a surgir entre nosotros adquiriera un inmenso sentido.

Queriendo hacer su propia vida, Constancia se casó muy joven con alguien mucho mayor, y ahora estaba terriblemente insatisfecha de no haber disfrutado nunca de una vida completamente independiente. Su belleza y su talento se convirtieron en un objeto más en el capital de un esposo que se alejó física y espiritualmente de ella con el paso de los años.

Constancia, encontrarte fue mi recompensa mexicana por todos los desaires que sufrí en mi adolescencia. Todas aquellas jovencitas, en aquel entonces bellas y arrogantes, se habían convertido en amas de casa o empleadas mal pagadas con dos o tres bodoques ruidosos, canas mal teñidas, estrías en el vientre y en las nalgas, un marido pasado de peso y adicto a los programas deportivos. Mujeres con la mayoría de sus sueños truncados.

Fuimos a su hotel. No tuve que insinuar absolutamente nada. Por primera vez una mexicana no me hacía perder el tiempo con juegos idiotas. No tenía que rebajarme ni perder mi dignidad. Le pregunté dónde se hospedaba y me mencionó el nombre de un hotel en el Paseo de la Reforma. Le pregunté si desde su habitación se podía ver el Ángel de la Independencia. Me dijo sí. Me encantaría verlo desde tu ventana, le dije. Y a mí me encantaría mostrártelo, me respondió mirándome a los ojos. La besé nuevamente en la mano y casi en silencio nos fuimos hacia el centro en su auto rentado oyendo un casete de Luis Miguel, de quien Constancia dijo: es un adorado, con un gesto que me divirtió y una gramática que no entendí.

—Constancia... ¿cuándo decidiste que esto pasaría?

—Apenas te vi entrar a la casa de Alberto. Una siempre sabe. A menos que te quieras hacer pendeja.

Estoy sentado en una silla, desnudo. Mi codo izquierdo reposa sobre la superficie de un tocador. Sobre el tocador una botella de vino portugués que compramos en el camino al hotel y un cenicero con dos cigarrillos encendidos. A horcajadas sobre mí, desnuda, Constancia me acaricia el pelo. El dedo índice de mi mano derecha dibuja círculos en su seno izquierdo, lo deja para acariciar su hombro, baja trazando líneas entre las pecas de su pecho, recorre el contorno de esa teta dura, erguida, hinchada ya de besos y mordidas leves. Estamos bebiendo, fumando, y aún no hemos cogido.

—¿Siempre eres así de honesta cuando decides con quién te vas a acostar?

—No, pero en tu caso hice una excepción.

Meto el mismo dedo índice en mi copa de vino y ahora el dibujo que hago va dejando un trazo de pequeñas perlas de color borgoña sobre su piel. Constancia me mira fijamente a los ojos. Mi mano izquierda toma su cigarro y lo acerca a su boca. Constancia lo chupa. Pongo el cigarrillo sobre el cenicero y mi mano baja por su espalda sintiendo cada detalle de los huesos de la columna vertebral de esta mujer que ahora expulsa el humo de su boca mientras me deja hacer lo que yo quiero con su cuerpo. Hundo la mano en medio de sus nalgas y en ese instante me doy cuenta de lo que estoy haciendo. Como si no se tratase de mí, me miro a mí mismo desde afuera y me gusta lo que veo.

—Jamás estuve tanto tiempo así, desnuda, encima de alguien, sin hacer el amor, nada más hablando.

—La mayoría de los hombres piensa que hacer el amor consiste en meter la verga y venirse. Para mí, penetrar a una mujer de inmediato no es tan importante como para otros.

Constancia no responde. Se limita a cerrar los ojos y oler la piel de mis hombros.

—¿Y tú, qué buscas cuando haces el amor?

—¿Yo? Busco intimidad…, que me quieran, supongo.

Constancia lleva su mano hacia donde mi mano explora la profundidad de sus nalgas y me acaricia con las uñas la piel de los testículos. Con la otra mano toma uno de los vasos y me da de beber, adivinando que mi garganta cada vez está más seca. Bebo la mitad del vino que tengo en la boca y hago un gesto hacia la suya. Constancia se pasa la lengua por los labios y me los entrega. El vino comienza a fluir de boca a boca, las lenguas lo agitan como si quisieran crear una tormenta diminuta en un mar privado, oscuro y tibio, un mar lúbrico recién nacido de ese beso ebrio. Ella decide beberse el mar de un buche. Una gota resbala tímidamente hasta su mentón y yo la lamo.

Constancia me mira fijamente desde el espejo del tocador.

No sé cuál de las dos me gusta más, si la que me mira desde esa distancia de azogue o la que tengo sentada sobre mí, le digo. Ella responde tomándome la verga con la mano y haciendo un movimiento de las caderas para metérsela hasta el fondo de su cuerpo mientras sus ojos se cierran y yo miro alternativamente los dos rostros, los dos cuerpos, todavía indeciso.

## 29

Tomás, el seductor de Milan Kundera en *La insoportable levedad del ser*, es un seductor dividido entre dos reali-
dades que se reflejan de manera simultánea pero distorsionada. La primera realidad se nutre de la poesía rápida que
surge como corriente eléctrica entre dos cuerpos y dos es-
píritus que se descubren por primera vez gracias a la intuición; esta es la realidad del deseo puro, que algunos
llaman erótico. La segunda realidad se alimenta con las
sobras del instinto; es una realidad premeditada, manosea-
da y casi artificial; esta es la realidad del deseo contaminado. El deseo contaminado es el deseo pornográfico, es
decir: un deseo que obedece al ejercicio del poder masculino en función de sus fantasías viriles y el miedo a la
impotencia sexual. Este deseo exige sumisión y rechaza a
la mujer como un semejante con los mismos deseos y derechos.

La atracción de Tomás por las mujeres que va encon-
trando a lo largo del libro de Kundera y su necesidad de
establecer con ellas «amistades eróticas» es un tipo de atracción casi infantil, que carece de la perversidad característica
de un seductor que no está condenado a la ambigüedad del
subdesarrollo. Recordemos que Tomás expresa un cierto

temor por las mujeres que busca. Nada malo en esto. El seductor de Kundera es el producto natural de una Europa oriental provinciana y relegada económicamente. Tomás es un seductor tercermundista, tímido, que no sabe cómo acercarse a las mujeres de igual a igual. Tomás es víctima de su miedo histórico, como el seductor latinoamericano.

En un ensayo breve y memorable, el argentino Julio Cortázar lamentaba la inexistencia de una literatura erótica en América Latina. Para él, todo lo escrito en este género, fantasma en nuestro continente, parecía estar irremediablemente empapado de pelos y humores sexuales. A esas páginas pegajosas les falta, según él, la delicadeza que permite distinguir lo erótico de lo pornográfico. La tensión que hace que estas dos energías se muevan, casi siempre en sentidos opuestos, tiene un origen distinto en cada caso. Lo erótico surge del intelecto, no de la urgencia física espontánea. Al menos así nos lo han hecho creer los teóricos y los sacerdotes del buen gusto; lo cierto es que el erotismo es también la pornografía domesticada, castrada, de la burguesía.

El fin de estos tiempos es eminentemente pornográfico. Pero acaso no es el fin, sino el principio, y nuestros ruegos serán eco de los vientos que aúllan su soledad profética en el desierto.

## 30

—Tengo hambre.

Constancia, desnuda sobre la cama, miraba el techo o el humo del cigarrillo que ascendía hacia él. Llevábamos más de una semana haciéndonos el amor, cogiendo. Yo salía a atender mis pocos compromisos mientras ella hacía compras y visitaba galerías.

Yo, sentado nuevamente en la silla y bebiéndome mi tinto la miraba. Imposible que una mujer con dos hijas y casi mi edad pueda tener este cuerpo, me decía a mí mismo, incrédulo. Le pregunté qué quería comer, a dónde quería ir. A mí se me atravesaron quince años entre mi experiencia diaria de la Ciudad de México y mi presente, así que no se me ocurría ningún restaurante. Pero Constancia, como todas las mujeres que he tratado en mi vida, delegó sobre mí la responsabilidad de escoger un lugar donde cenar. Decidí que iríamos a la colonia Condesa.

De todas las colonias de la ciudad, la Hipódromo Condesa es mi favorita. La imagen que tengo del DF en el extranjero no es aquella de la colonia donde crecí, ni las calles, avenidas o parques más importantes de la ciudad.

Evoco el DF con la imagen de los parques España y México; los restaurantes de Ámsterdam, los Edificios Condesa, el boulevard de la avenida Mazatlán. La Condesa es una colonia de escritores y poetas, de músicos y artistas; pero también de sirvientas malpagadas, de banquetas sembradas de mierda de perro, y de pequeños y grandes burgueses que comparten ese espacio bohemio de manera armoniosa y se enorgullecen de la Condesa de finales de siglo. Una especie de Village, North Beach o Recoleta en medio de la ciudad que agoniza.

Llegamos y encontramos estacionamiento fácilmente. Caminamos por Ámsterdam buscando algún lugar no demasiado grande. Al Seps lo descartamos de inmediato por su onda de cantina decadente. Nada argentino por favor, le pedí a Constancia, caro y malo, le expliqué. ¿Comida italiana?, preguntó no muy convencida. Jamás, le respondí. Entramos al Café La Gloria. Los meseros nos dieron la bienvenida y sentimos de inmediato que los pocos comensales nos examinaban con discreta curiosidad.

—Se nos debe notar que no somos de aquí —comentó Constancia.

—Sí, carajo, me pasa todo el tiempo. Cuando te vas de tu país ya no perteneces a ningún lado. En Estados Unidos es imposible que me sienta como en casa, siempre seré un extranjero aunque me quede el resto de mi vida. Aquí lo mismo. Te vas y es como salirte de la película a la mitad; cuando regresas a la sala ya no entiendes nada, tienes que pedir explicaciones que a la gente le da una flojera inmensa darte. Ayer un taxista me preguntó de dónde era. Le dije que de Tlalnepantla, para sacármelo de encima, y se rio, me dijo que no era cierto, que era sudamericano. Por el acento, hazme favor.

—Ay, sí es cierto… a mí también me pasa. El colmo es cuando se me acerca algún baboso y me empieza a hablar en inglés. Yo les contesto en francés primero y luego cuando ponen cara de mensos, me les río en la cara y en cristiano del norte les digo que busquen algo más original para iniciar alguna conversación.

Se acercó el mesero a tomarnos la orden y pedí una botella de vino californiano y pan, para empezar. Encendimos cigarrillos y una pareja de gringos que estaba sentada al lado comentó en inglés que los mexicanos éramos unos incivilizados porque fumábamos hasta en los hospitales. Lo que me faltaba. Ya era suficiente con las pinches leyes gringas que nos negaron a los fumadores el derecho de fumar en todos los lugares públicos de California, como para tener que soportar la misma actitud puritana en mi propia ciudad.

Quise decir algo, pero Constancia con un gesto me hizo entender que no valía la pena. Nos olvidamos de ellos.

—¿Qué vamos a hacer? —me preguntó Constancia tomándome la mano izquierda y acercándola a su boca para besarla.

—Lo que sea con tal de que nos veamos con la mayor frecuencia posible.

Besé también su mano preguntándome por qué las mujeres besaban tanto las manos de los hombres.

—Voy a tener que ir a verte. No voy a aguantar más de dos meses sin ti, cabrón. Todavía no te vas y ya siento que me lleva la chingada nomás de pensar en lo mucho que te voy a extrañar. ¿Por qué carajos vives en California?

—¿Y tú, güey? ¿Por qué carajos vives en Monterrey? ¿Qué hay en Monterrey que no haya aquí o en San Francisco?

—Ay, qué güey eres. Yo nada más digo porque esto va a estar de la fregada ahora que te largues.

La expresión de su cara era deliciosa cuando hablaba como verdulera. Me divertía que nos escucharan, porque seguramente la gente de alrededor lo hacía, aunque tanto a ella como a mí nos valía madres porque no éramos de allí. Era nuestra ciudad, pero no lo era. Era la ciudad de mi pasado y la de su futuro, pero en ese presente de colonia Condesa y vino tinto, la Ciudad de México era enteramente nuestra.

Comimos y bebimos bien. Salimos y nos sentamos en El Cafecito a tomarnos un exprés y a mirar a las demás parejas que iban o venían de los restaurantes.

—Si alguna vez vuelves a México —me dijo, rompiendo de pronto el silencio—, no quiero vivir contigo.

Me sentí reconfortado. Ya le había dicho que no quería casarme ni vivir con nadie. Sentí curiosidad de todos modos por saber los motivos de esa declaración espontánea.

—Porque no quiero imponerle mis hijas a nadie. Son mías y de nadie más.

Levanté mi tacita de café y la acerqué a la suya.

—Hoy te lo voy a mamar hasta que te desmayes, mi alma. —Sonreí suciamente.

—Yo también te amo.

Dijo esto mirándome a los ojos tan intensamente que en ese momento estuve seguro de que nadie me había amado así y de que estaría verdaderamente cabrón que alguien lo hiciera en el futuro. No de esa manera, no con esa pasión.

No quería vivir con ella. Me gustaba la idea de verla todo el tiempo, pero no podría levantarme todos los días a su lado y tener que verla con los pelos parados y sin maquillaje. Uno de los atractivos más grandes de Constancia consistía en esa perfección de imagen en la que trabajaba todos los días antes de salir a la calle. No tenía que hacer mucho porque era inmensamente bella. Pero el cuidado con que se delineaba los ojos, el cabello impecable, la ropa siempre elegante hasta en sus momentos casuales, todo era parte de un espectáculo en el cual yo tenía primera fila y derecho exclusivo de entrada al camerino. Me gustaba así. No la quería roncando a mi lado, babeando la almohada, tirándose pedos, enferma, sudorosa. Ni ella quería mostrarme ese lado perfectamente humano. Por otra parte era rica. Lo era antes de casarse y seguía siéndolo después de su divorcio. Nuestra situación siempre sería desequilibrada, pues aunque yo no era pobre, no podría mantener su estilo de vida. Además estaban sus hijas. Yo me conocía bien y sabía que nunca consideraría el padrastrazgo así como nunca consideraré la paternidad. Ella o lo sabía o lo intuía y el arreglo era perfecto para los dos.

Salimos del café y caminamos por las calles de la colonia Condesa tomados de la mano hasta que decidimos volver a su hotel. Yo me iría al día siguiente y nuestros cuerpos tenían muchos asuntos pendientes que resolver antes de la separación.

Cuando llegamos al cuarto ya no hablamos, o hablamos en ese otro idioma donde las palabras ya no son necesarias. Lenguaje de besos en la superficie del agua. Tatuaje de tinta seminal sobre su cuerpo.

No recuerdo exactamente en qué momento de la noche tomé la pluma que estaba sobre el buró y comencé a escribir palabras sobre sus pechos. El roce de la punta de la pluma en su cuerpo desnudo le producía placer. Comencé a escribir palabras.

—¿Viste *The Pillow Book*? —me preguntó.

—Sí, pero yo inventé esa historia hace muchos años. Greenaway es un ladrón.

Primero escribí frases sacadas de algunos de mis libros favoritos, luego líneas de poemas que recordaba, después palabras que salieron de mí mismo. Cúbreme el cuerpo con palabras, me pidió. Márcame. No sé durante cuánto tiempo estuve escribiendo mi discurso amoroso y fragmentado. Pero cubrí su espalda y su pecho, su vientre, sus nalgas y sus muslos con palabras y palabras. La tatué con significados y con deseos. No podía irme de ella sin dejarle algo más que la memoria de mi cuerpo y mis besos húmedos. Pero las palabras no son patrimonio de la eternidad. Al día siguiente, al despertar, descubrí que su piel se había bebido la tinta. No quedaba rastro de lo escrito. Sonreí, pensando que los esfuerzos que hacemos para perdurar son tan inútiles como el mismo impulso que precede a cada uno de ellos. La desperté con un beso en la boca y me miró con sus ojos de agua gris.

—Hazme el amor antes de irte. —Su voz tenía el calor de su mirada.

## 31

¿Qué me hace mexicano? ¿Mi rostro? ¿Mi apellido? ¿Mi pasaporte? Hace algunos años le dije a alguien que ya no quería seguir siendo mexicano. Recuerdo que aquella persona me miró con un gesto preocupado y me dijo: ten cuidado... fíjate a quién le dices ese tipo de cosas. Y lo tuve. Siempre me molestó tener que identificarme con la idea oficial de mi país, de mi nacionalidad. Detestaba esa marca de fuego grabada en mi frente: un águila con las alas rotas, una serpiente partida a la mitad. Una equis de ceniza como tatuaje sacramental: la equis católica e iróni- ca de México, una encrucijada donde siempre me inmo- vilizó la indecisión. Me enseñé a rechazar esa idea de pa- tria que durante años nos vendieron a cambio de nuestros impuestos, de nuestros salarios de miseria, de nuestros vo- tos violados. No quería ser mexicano, porque no quería ser nada. Quería, busqué, una desnudez total, apátrida, nó- mada, gitana.

En mi visita a la ciudad vi con asco las banderas gi- gantescas que ondeaban un orgullo absurdo y risible en la casa presidencial y en el Zócalo, ombligo del país, mien- tras que en la Bolsa Mexicana de Valores se decidía al mismo tiempo el verdadero futuro de su gente. País en venta. Pueblo en venta, pero con una banderita tricolor en cada mano.

La pregunta siguiente: ¿qué significaba ser mexicano en el extranjero? Imposible saberlo. Yo nunca pude hablar más que de mi propia experiencia. Me acostumbré a ver, cada vez que iba a comer a un restaurante en San Francisco, los rostros oscuros de mis compatriotas asomándose desde cada cocina de cada restaurante californiano. Me acostumbré al dolor que me producía ver esa existencia de servidumbre: los albañiles, las empleadas domésticas, los lavacoches, las niñeras, los cientos de campesinos que recogen las frutas y las verduras que compramos en supermercados relucientes; los jornaleros del barrio latino que en la calle César Chávez esperan que alguien los contrate por al menos algunas horas. California los convirtió, a todos y cada uno de ellos, en su chivo expiatorio, en su enemigo, en su hijo indeseado, su bastardo. Yo solamente fui testigo de todo esto. Mis colegas mexicanos que daban clases en la universidades de los Estados Unidos veían otra California. Yo no pude quedarme en el campus. Nunca quise reducir mi experiencia de este país a un cubículo, a una biblioteca. Siguiendo una fragancia de mujer me descubrí de pronto en el corazón de la vida real de California. Allí, en el centro de ese corazón gastado, descubrí que ser mexicano en California significaba simplemente ser uno más en el país del anonimato absoluto. No significaba nada. Pensaba en esto para no pensar en la boca de Constancia mientras el avión me llevaba de vuelta a San Francisco.

Marianne insistió en recogerme en el aeropuerto de San Francisco de la misma manera que Constancia había insistido en llevarme al de México. Dejé mi país (el país del cuerpo de Constancia) con el cuero al rojo vivo y tuve que inventar una excusa para no hundirme en los brazos de Marianne la noche de mi regreso.

Sin embargo, las dos semanas siguientes fueron de Sabine. Marianne recibió instrucciones de la editorial londinense para la que todavía trabajaba de ir a Nuevo México a tomar fotos de unas iglesias del siglo dieciocho. Partió un día después de mi llegada. Sabine estaba feliz de tener nuevamente a su lado a su galante mexicano y ultimaba ya los detalles de su regreso a Buenos Aires.

Sabine llevaba seis meses en California y echaba de menos cada aspecto de su ciudad porteña. Le parecía obsceno que los americanos cenaran a las seis de la tarde cuando en Buenos Aires se cenaba a las diez, que los clubes y bares cerraran a las dos cuando en su ciudad los chicos salían a bailar a las tres, que nadie se hablara en las calles, que la ciudad estuviera desierta a las nueve de la noche, que la comida engordara tanto, que trataran tan mal a los negros y a los mexicanos, que la gente fuese tan gorda y fea.

La ofendía terriblemente el hecho de que San Francisco no fuese Buenos Aires. Había mejorado su inglés y decidió que era hora de volver a su apartamento en Belgrano, a sus amigos, a sus adorados cafés y librerías que cerraban a las cinco de la mañana.

A mí me divertía enormemente estar con ella. Era una nena que se asombraba de todo, que hablaba sin parar y me hacía a veces las preguntas más extrañas. Te tengo una sorpresa, me dijo apenas la encontré en nuestro bar favorito. Mirá. Se levantó el dobladillo del pantalón de mezclilla y me mostró muy orgullosa un tatuaje dorado que era como una rama fina y delicada que le daba vuelta al tobillo derecho, pero que también era una suerte de jeroglífico árabe que yo nunca podría leer, un enigma dorado sobre su piel dorada. Me encanta, le dije entusiasta.

Era una nena. Tenía apenas veintitrés años y sus ojos enormes denunciaban una frescura desconocida para mí. Estaba más linda que nunca. Se tiñó un mechón del pelo con colores brillantes: azul, rojo, amarillo, fucsia y verde para «shoquear» a sus padres y a sus amigos. El regreso inminente a Buenos Aires le trajo una energía que antes no le faltaba. Compraba y compraba cosas y regalos. Una tarde que tuve la infeliz idea de acompañarla de compras la vi gastar más de dos mil quinientos dólares en objetos inexplicables. Artículos electrónicos, maquillajes, una plancha de vapor y desodorantes para su padre, entre otras cosas. Era una chica con tarjeta de crédito inagotable y ningún problema ideológico con la sociedad de consumo.

Y yo la consentía con palabras dulces que ella escuchaba como con vergüenza, sin saber qué hacer ni qué responder. Nuestra entrega física fue más como una extensión de nuestra amistad. Era bella como solamente las mujeres argentinas pueden serlo. Sin embargo, su boleto de avión era una señal clara de que cualquier cosa que yo hiciera para retenerla ya no tendría mucho sentido. Se iría y no volveríamos a vernos. Esas dos últimas semanas fueron tan dulces que mi dolor por la separación reciente de Constancia fue adormeciéndose y las llamadas constantes a Monterrey, a donde ella volvió y las suyas a mi departamento tuvieron cabida en un territorio intocado donde mi recuerdo de lo vivido con ella en aquel hotel pertenecía a una dimensión que nada tenía que ver con mi realidad norteamericana. Estaba de vuelta con Sabine aunque mi piel se hubiese quedado con Constancia. Marianne era tan libre que un par de postales y algunas llamadas telefónicas desde Santa Fe fueron testimonio absoluto de su compromiso con nuestra relación. Y así yo pude dedicarle todas mis horas libres a Sabine. Unos días antes de irse, Sabine me dijo que tendría que mudarse a un hotel porque el contrato de su departamento se vencía y no quería pagar más plata por los días en que no lo ocuparía. Yo le ofrecí mi espacio y ella después de pensarlo detenidamente por un lapso de unos tres segundos dijo simplemente okey, divertida por la idea de dormir a mi lado por unos días.

Fueron días de gran ternura y lágrimas ocasionales. Sabine nunca había conocido a un hombre que la tratara como mujer. Sus novios argentinos fueron chicos de su edad, inseguros, inexpertos. Yo le llevaba poco más de una docena de años y la trataba como mi igual en todo momento. Me gustó ese contraste de edades y experiencias y se lo hice saber. Ella se ruborizó. Vino a casa con unas maletas enormes que casi me rompen la espalda, y sin hacerle caso a mis caricias se dirigió a la cocina a buscar algo con qué prepararme alguna comida que me gustara.

Algo doméstico invadió mi departamento. Su mirada recorrió mi espacio y se detuvo en ciertos rincones. Acá necesitás un mueble para el estéreo. Vení pibe, qué te parece si acá ponés unas plantas. Cómo es posible que no tengas cortinas. A los gatos y a mí nos ponía sumamente nerviosos tener de pronto a esta madre de veintitrés años dándonos instrucciones y controlándonos cada movimiento, pero la dejé jugar a la casita por unos días.

La noche anterior a su partida algo sucedió. Me había acostumbrado tanto a su presencia que no quería dejarla volver a su país. Ella lloraba en silencio y a mí me partía el corazón verla así. Me hizo prometerle dos cosas. La primera, que si algún día decidía casarme tendría que ser con ella. La segunda, que iría a verla a Buenos Aires para que ella me pudiese mostrar su ciudad y corresponderme así el que yo le hubiese mostrado mi versión de San Francisco, una versión privada, imposible de descubrir para los turistas. Accedí. Eran dos peticiones deliciosas, pero improbables.

El *shock* de llevarla al aeropuerto y verla partir con su *walkman* en la mano y los ojos llenos de lágrimas mientras el arcoíris del pelo le caía sobre la cara fue demasiado doloroso como para recordarlo. Volví a mi departamento y me sentí repentinamente viejo y solo.

# 33

Sabine, volví del aeropuerto y recorrí la casa sorprendido de que ya no estuvieras en ella ocupando cada espacio con tu juventud y tu sonrisa.

Por primera vez mi casa era un espacio hecho de ecos. Como no conocía otra manera de vivir mi vida que aquella de vivirla a solas, extrañé las cosas que pude aprender en los días que me invadiste. La toalla con que te secaste el pelo aún estaba húmeda y olía a tu champú. Dejaste en un rincón del piso una diadema. En el refrigerador todavía estaban tus verduras y tus yogures desgrasados. Los gatos me miraban y en sus ojos había una pregunta para la que yo no tenía respuesta.

Muchos años atrás yo decidí no casarme nunca, no tener hijos, no poseer absolutamente nada. Me gustaba la idea de una vida sin raíces. Dar clases de literatura, gastarme mi quincena en libros y discos, y comer en restaurantes con amigas era mi idea de una vida perfecta. Tu arribo me trajo una inquietud desconocida. Me ofreciste tu juventud, tu alegría singular llena de energía y proyectos imposibles para mí, pero completamente realizables a tu lado. Me ofrecías el futuro de tu ciudad desconocida. Un Buenos Aires que para mí era una ficción poblada por ecos roncos de bandoneones centenarios. Yo ya amaba el tango porque mi alma era nocturna y trágica. Amaba, aun antes de conocerte, las baldosas movedizas de esas calles donde Bioy Casares y Borges especulaban en la eternidad su próxima historia. Amaba la sonrisa cruel e irónica de Arlt, sentado en un café de San Telmo, viendo pasar los personajes de sus aguafuertes porteñas. Apenas te fuiste decidí que iría a buscarte. Tenía que hacerte regresar a esta ciudad que nos reunió, porque me sentí vacío esa noche al regresar. Como un vampiro, necesité tu sangre joven para rescatarme y sobrevivir la noche de mi angustia erótica.

Tenía a Marianne, pero Marianne era como el aire; nada podía contenerla, era más libre que yo, y jamás –aunque hizo el intento de venir hasta mí con sus valijas– se resignaría a una vida sedentaria de café con leche todas las mañanas a la misma hora y vacaciones de verano. Como el aire, recorría la tierra libremente y en sus ojos tenía el registro de lo que sus fotos capturaban. Como el aire, su esencia era la indefinición, el movimiento irrestricto.

Constancia era como el agua que vino a apagar una sed vieja. Era la vuelta a un origen que comenzó en el vientre acuático de mi madre. Constancia vino con sus ojos de agua gris a darme de beber mi ración de sexo fresco, intenso, limpio. Todo comenzó en el agua, no en la tierra. Y Constancia me condujo en un torrente de minutos veloces a ese océano primario donde reencontré mi rostro, mi idioma, mi ciudad. Su amor fue como la lluvia que limpia las calles de la muy noble y maltratada Ciudad de México en agosto. Y mi cuerpo era, cuando la encontré, una calle demasiado transitada, sucia, escupida, que Constancia supo limpiar con sus besos de agua.

Y tú Sabine, mi tercer elemento, fuiste la solidez de una tierra prometida. La solidez que sólo la especulación brinda a los desesperados. Fuiste la esperanza de la tierra donde mi alma nómada podría dejar de buscar en esos cuerpos refugio temporario. Raíz de luz. Paraje de palabras ciertas. Surco de sonrisas pequeñas, ruborizadas. Pero tendría que ir a buscarte.

## 34

*Constancia:*
*pienso en ti con constancia inusitada, como si fuese un poeta triste, pienso en tu sexo, tengo la imagen de ti sentada en mis piernas, pero no viéndome de frente como la primera noche, sino dándome la espalda, mientras yo estoy dentro de ti y veo tu cabello, tu cintura angosta, tus caderas que se ensanchan en esa posición, tu culo, cuya vista me calienta, mis manos se aferran a tu carne, la aprietan, te paso los dedos por el culo y te jalo hacia mí para entrarte con más fuerza, para que mi verga hinchada te penetre y toque tu más profunda piel, el solo pensamiento, la memoria agridulce de tu piel, tu más profunda piel, me excita Constancia, esto es nada más una carta, pero en ella me gustaría tenerte ahora en esta otra silla, de espaldas, y entrar en ti sin prisa mientras mis manos acarician tus pezones y te beso el cuello, mientras te beso te susurro cosas sucias pero necesarias al oído: «escúchame: quiero emputecerte… quiero mamarte cada pelo del sexo hasta memorizarlo con mi lengua… quiero que me mames la verga y que te escurra el semen por las comisuras de la boca… quiero metértela y venirme dentro de ti hasta vaciarme y que luego me vuelvas a excitar con tu lengua sabia para volvértela a meter hasta que a los dos nos duela la piel… quiero cubrirte con un aceite perfumado las tetas y las nalgas y meterte un dedo en*

el culo mientras te penetro nuevamente por delante... *quiero que te metas mi verga entre las tetas y que me hagas venirme entre ellas y te embarres mi semen en el cuello y los hombros... quiero violarte, cogerte, manosearte, no respetar ninguno de tus huecos, no escuchar tus gritos de dolor o escucharlos y calentarme más... quiero meterte un par de dedos en el chocho mientras manejo por Insurgentes y chuparme otra vez los dedos como aquella noche... quiero que me la mames mientras manejo... quiero que salgamos a bailar y que no te pongas calzones para poder dedearte cada vez que quiera... quiero que me pases la lengua por el culo y que tú también me violes como se te dé la gana... quiero morderte las nalgas y mamarte los labios vaginales hasta que se te hinchen... quiero una vez más, mientras te vistes parada frente a algún espejo de algún motel antes de irnos, arrodillarme atrás de ti, separarte las piernas, hacerte el calzón a un lado y chuparte mientras tú te miras en el espejo y yo hundo mi cara entre tus jugos vaginales y tus pelos olorosos a horas de sexo y a tu carne deliciosa... quiero sentir el olor de tu sexo en mi barbilla y en mis labios... quiero que hagamos las pocas o muchas cosas que todavía no hemos hecho... quiero que me digas cómo quieres que te coja... quiero embriagarte, cogerte mientras duermes, despertarte con besos en la madrugada, voltearte, abrirte las piernas y entrar dentro de ti hasta que no sepas si estás soñando o estás despierta mientras lo único que escuchas son mis gemidos mientras me derramo en tus adentros... quiero invertir el tiempo que no he tenido chupando tus pezones que amo más que a mis labios... quiero lamerte la lengua y los dientes, el paladar... quiero oler todo yo a tu sudor, a tu saliva, a tu champú, a tu perfume, a tu venida... quiero que me arañes la espalda, que me entierres las uñas mientras llegas al orgasmo... quiero que me aprietes entre tus piernas y no me dejes salir de ellas hasta que se acabe el siglo... quiero que te vengas en mi boca... quiero abrirte los labios vaginales de rodillas frente a ti y meterte nada más la punta de la verga por minutos eternos hasta que pierdas la paciencia y me obligues a entrar hasta encontrar ese punto sin retorno... quiero besarte y verte a los ojos mientras te pones colorada y te ruedan lágrimas de felicidad en el instante mismo en que yo te lleno de mi semen amoroso, tibio, enamorado.*

## 35

*Sweet dreams are made of this*. Después de ver una película irrelevante me subí a mi auto y emprendí el regreso a mi departamento. A medio camino decidí que era muy temprano para volver a casa —¿qué haría yo solo en esa jaula de mi instinto?— y enfilé rumbo al estudio de mi amigo el pintor mexicano Gustavo Rivera. Gustavo tiene uno de los mejores estudios de San Francisco en la calle Folsom del distrito Soma. Soma es a Frisco lo que el Soho es a Nueva York. Galerías, bares, cafés, clubes, gente vestida de negro a todas horas del día. Siempre es un problema estacionarse en esta pinche ciudad, por eso tuve que dejar mi coche como a tres cuadras del estudio. Era miércoles y el desmadre del fin de semana ya comenzaba a anunciarse. Bares llenos, hombres negros ofreciendo lugares para estacionarse en la calle con la esperanza de ganarse un dólar, mujeres y más mujeres en grupos de dos o tres (la escasez de hombres es notoria en esta ciudad donde de acuerdo a mis amigas solteras la mayoría de los hombres son gays o son unos machos insufribles). Algo en la noche anunciaba ese vibrar que las noches de las urbes más interesantes siempre tienen al acercarse el fin de semana. Llegué a su estudio y Gustavo se estaba bebiendo a solas una de esas botellas de vino californiano que los simples mortales no podemos pagar. Estaba todavía en ropas de trabajo y sentado frente a uno de esos cuadros enormes que sólo él sabe pintar. Un CD de música árabe a un volumen alto para contrarrestar el sonido de la rocola de Wish, el bar de dos pisos abajo. Como las construcciones de California son de madera, son demasiado susceptibles a dejar pasar cualquier sonido, aun los más indiscretos.

—¿Qué pasó profesor... quieres un vinito?

Tomamos lo que restaba de vino en la botella y Gustavo trajo otra.

—Esta —dijo— me la trajo una amiguita; es un syrah de Sonoma. Vamos a ver qué tal está.

Hablamos de pintura, de amigos en común, de mujeres, de canciones mexicanas. Se hizo tarde y decidí partir. Salí del estudio y la vista de la luna llena me detuvo. La luna, me dije, eso explica esta sensación indefinible, este llamado de la urbe. Comencé a caminar de vuelta al coche y al doblar en una esquina un grupo de seis o siete chicos y chicas me salió al paso.

Venían todos vestidos de negro. Dos de ellas traían puestas capas de terciopelo negro con forro morado, la mayoría vestía ropa con brocados, collares de cuero negro con incrustaciones plateadas, aretes en la nariz, en las cejas, en los labios. Los rostros maquillados de blanco, el cabello, probablemente rubio, teñido azabache, las uñas y la boca pintadas de negro. Las mujeres usaban ropa muy ajustada, algunas vestían corsés ceñidos con listones negros, encajes, ligueros, zapatos de tacón de aguja, botas altas. El contraste de todo aquel negro con la carne pálida era demasiada tentación. Los seguí con la mirada mientras encendía un cigarrillo. Los vi detenerse frente a la puerta de un club al que entraron después de unos segundos. Trocadero, decía la discreta marquesina. Me acerqué. Hice a un lado la cortina de terciopelo rojo que bloqueaba la vista de la calle y tres chicos vestidos de la misma manera que los otros me miraron. Pregunté: ¿Qué hay aquí esta noche? Música industrial, gótica, cualquier cosa que estés buscando, me dijeron. Pagué los quince dólares de la entrada que aquellos que no íbamos vestidos apropiadamente teníamos que pagar. Yo iba de negro como siempre, bien vestido pero definitivamente no como vampiro. La música que sonaba a todo volumen era perfectamente apropiada para la escena que mis ojos descubrieron.

En el sótano al que me condujeron las escaleras que bajé había unos cincuenta vampiros. Recordé las novelas de Anne Rice, *El vampiro Lestat* y *Entrevista con el vampiro*, que estaban ambientadas en San Francisco. También pensé en los personajes de los libros de Poppy Z. Brite, personajes sedientos de sangre. *Sometimes I feel the yearning*. Mientras avanzaba cautelosamente algunos de ellos me miraron de arriba abajo, pero la mayoría me ignoró. Después de todo, pensé, algo tiene de vampiro un gato. Me acerqué al bar y pedí un martini, seco. El bartender me miró como si hubiese pedido el teléfono para llamar a Madonna. Únicamente vino y cerveza, me informó con impaciencia. Cerveza. Anchor Steam. Pagué los cuatro dólares con un billete de cinco y el bartender asumió correctamente que el cambio era para él, aunque yo aún no lo había hecho manifiesto. Volteé cerveza en mano y recorrí con los ojos, no, lamí con los ojos el paisaje humano. A mi lado una jovencita de unos veinte años con los pechos al aire y unos conitos negros de satín que apenas le cubrían los pezones volteó y me dijo *salute*, en italiano. Alcé mi botella como un caballero, dije salud en español y me di la vuelta para comenzar a explorar el lugar. Descubrí un pasillo en donde había más vampiros sentados en el suelo y conversando animadamente. La música era interesante y a pesar de que inundaba el espacio con su ritmo obsesivo no ensordecía como en la mayoría de los clubes. Vaya, me dije, esta gente disfruta la conversación.

El pasillo, que en realidad era una rampa, me condujo hasta el piso central del club, donde una especie de *performance* estaba llegando a su fin. Una gran reja de metal sostenía el cuerpo de un varón semidesnudo al que una *dominatrix* de cuerpo impresionante flagelaba. En el aire flotaba como en un lugar tropical un olor a perfume, sexo y humedad que comenzó a perturbarme. Otras tres o cuatro chicas bailaban una especie de danza ritual al ritmo de una canción que mezclaba cantos gregorianos con sintetizadores. Di un sorbo largo a mi cerveza y encendí otro cigarrillo. Los vampiros sadomasoquistas terminaron su acto y agradecieron complacidos los aplausos generosos del público. Acto seguido el DJ se arrancó con una rola que seguramente era muy popular entre la comunidad vampira, puesto que la pista se llenó en tres segundos. El estilo de baile era sensual y armonioso. Nadie bailaba en pareja. Hombres y mujeres bailaban por su cuenta y aquellos que no bailábamos observábamos con interés los cuerpos sobre la pista. Hielo seco, luces violáceas, un ligero aroma a incienso. Parecía una iglesia imposible, un templo en donde se le rendía pleitesía a dioses y diosas de la carne. Las mujeres tenían la belleza cruel de las panteras. Algunas jugaban a ser una especie de sacerdotisas góticas, otras vestían atuendos de *bondage* hechos de vinil y cuero negros, otras más simplemente parecían hijas de la noche cuya luna llena hacía posible que la tensión que se respiraba en el club penetrara por cada poro del apetito. Bebí de un trago el resto de mi cerveza y volví al bar por otra.

La piel es sensible a la mirada.

La vi recargada sobre la barra, sola. Su espalda tenía un tatuaje en la ala izquierda. Era un gato de Miró si es que acaso el catalán pintó alguna vez un gato tan perverso. El bartender me ignoraba, pero de pronto la cerveza dejó de tener la más mínima importancia. El gato me miró con sus pupilas dilatadas. Mis ojos se clavaron en los suyos y el gato reaccionó con un escalofrío. Lo miré con más intensidad. Pinche gato, pensé, conmigo te chingas. El gato me devolvió una mirada difícil de sostener y los pelos de su espalda comenzaron a erizarse. Eran unos ojos amarillos, penetrantes, biliosos. Su silueta estaba bien definida pero no sus intenciones. Me gustó ese duelo porque sucedía en un territorio suave y yo adivinaba en los poros de la piel del gato, en los poros de la piel de esa ala suave un movimiento de células y sangre que me llamaba, que reaccionaba a mi mirada descarada sobre esa epidermis que en ese momento quise tocar. El gato, tal vez adivinando mis intenciones, cerró los ojos lentamente. Movió su piel con un estremecimiento singular como para evitar que algo desconocido lo tocase o como si hubiese sentido un temor repentino que no iba a reconocer como tal y decidió dar un giro de ciento ochenta grados. La dueña del gato me miró y me dijo:

—*Do you like my pussy?* —Voz y ojos eran la misma cosa violácea oscura.

—Todavía no lo sé —le respondí.

—Sentí tu mirada… ¿Te gustó mi gato? —insistió.

—No siempre soy responsable de lo que le gusta a mis ojos. —Sonreí lacónicamente.

—Los ojos tienden a ser irresponsables, además —continuó con esa voz tirana—, la mirada de los gatos es de todos los signos el más equívoco e indescifrable. —Sonrió malignamente antes de darle un sorbo a su copa de vino tinto.

Me reí y le dije que no existía un solo signo que fuese indescifrable, que lo único indescifrable era la ignorancia de los lectores de signos, dije.

—¿Cuantos años tienes? —preguntó.

—Estoy *nel mezzo del camino della mia vita*. Treinta y cinco.

—Ah... Alighieri. Sus contemporáneos lo apedreaban porque descendió al infierno —dijo, abriendo los ojos.

—O tal vez porque después de haber descendido se atrevió a volver a la superficie a contar la historia —respondí con una sonrisa cínica.

Saqué del bolsillo de mi saco la cajetilla de cigarros y le ofrecí uno antes de tomar el mío. Tomó uno con sus largas uñas negras y poniéndolo entre el anular y el medio de la mano izquierda esperó a que yo sacara el mío y encendiera el suyo. *Sweet dreams are made of this. Some of them want to abuse you. Some of them want to be abused by you.*

—¿No quieres saber mi edad?

—¿Importa? —respondí.

—Todo importa.

—Okey... ¿Cuántos años tienes *pussycat*?

—No tengo edad.

—Pero para entrar aquí tienes que mostrar una identificación que demuestre que tienes más de veintiún años, ¿no?

—Esa edad es una pinche convención. —Me miró desdeñosa.

—¿Sabes por qué me gustó tu gato?

—¿Por qué?

—Porque sintió mi mirada.

Sonrió, esta vez casi con perversidad, pero complacida.

—Por eso estoy hablando contigo.

—Lo sé. —Respiré hondamente.

*Everybody is looking for something.*

Continuamos de pie junto a la barra. Su escote evidenciaba un *miracle bra* que agradecí. Por espacio de una hora y dos tragos más cada uno, hablamos de panteras, de William Blake, de canibalismo, rituales satánicos, vudú, corridas de toros, laberintos. Hablamos de Sade, de Camus y Picasso.

De pronto escuchó algo que capturó su atención y me dijo «esa canción me encanta». Iba a bailar y me invitó no a bailar con ella sino a verla.

—¿Verte?

—Sí. Sígueme.

En la pista se mezcló entre los vampiros. No. No podía mezclarse. Ella era diferente. Tenía un porte y una actitud elegantes que no permitían confundirla con el resto de los que ocupaban la pista. Me percaté de eso de inmediato y por alguna razón que en ese momento no entendí me sentí alarmado.

El baile gótico es un ritual que no precisa de comparsas. Pero ella era la solista innegable de aquella compañía de danza de vampiros. Aquellos que como yo se dieron cuenta de sus movimientos la miraban discretamente a pesar de que una de las reglas tácitas del lugar parecía ser la de ignorarse mutuamente; por eso las miradas eran oblicuas. Yo, que no pertenecía a la tribu negra, me dediqué a observar con detenimiento, sin ningún tipo de pudor, cada músculo, cada sombra de su cuerpo, cada expresión de su cara, cada rayo de luz violeta que le caía sobre la piel.

Bailó por espacio de diez minutos y cuando terminó la canción me miró fijamente por un par de segundos y se dio la media vuelta alejándose rumbo al pasillo. Me acerqué al DJ que estaba a mis espaldas y le pregunté el nombre de la banda que había grabado esa pieza obsesiva. Crash Worship.

Salí a buscar otra cerveza y alcancé a verla mientras pedía su chamarra de piel en el guardarropas y comenzaba a subir las escaleras. No la seguí. Pero apenas encendí otro cigarrillo tuve ganas de salirme a aullar de dolor a la luz de la luna. En toda la noche no sentí que tenía el derecho de pedirle nada, ni siquiera su nombre.

## 36

La agonía es dulce en este pozo.

En su bellísimo ensayo titulado «El sentido de la belleza», escrito a partir de los cursos que ofreció en Harvard una centena de años atrás, el filósofo George Santayana habla de los «sentidos bajos». Estos son los sentidos que nuestra civilización occidental cristiana tradicionalmente ha considerado como secundarios. Hasta Santayana, los sentidos del tacto, el gusto y el olfato se llamaron *unaesthetic* o no-estéticos. Curiosamente, estos «sentidos bajos» son los sentidos sexuales por excelencia. Tal vez nuestra cultura le temió tanto a nuestra sexualidad que tuvo que jerarquizar los sentidos de una manera pudorosa, poderosa. En el pozo de la sexualidad los sentidos bajos están en el fondo, entre el fértil limo de las intenciones y los pensamientos ocultos, y nos conducen por túneles secretos a regiones de placer insospechado.

El pozo en una metáfora de lo oculto como el laberinto es una metáfora de lo indescifrable. El conocimiento del pozo implica un descenso o una caída de nuestra parte, pero el del laberinto exige una entrada. El pozo es vertical, el laberinto horizontal. La imagen del pozo trae a la mente la idea de dos polos opuestos: uno hecho de luz, el otro de oscuridad –como el cielo y el infierno, como el bien y el mal. La imagen del laberinto no: el laberinto es una espiral en forma de interrogación, es un enigma, un misterio. El pozo puede ser producto de un accidente geológico. El laberinto es siempre artificial. Nace como consecuencia de los deseos impuros de una mujer y del ingenio de un arquitecto, Dédalo, que es instruido por su reina, Pasifae, para que diseñe una construcción donde pueda ocultar el fruto de su amor perverso.

Pasifae se apasiona por un toro de sus rebaños. Tanta es su pasión por este animal formidable que la reina proyecta un plan: aísla al toro y personalmente escoge una vaquilla de sus rebaños que sitúa en un corral cercano pero inaccesible al toro. El joven animal despierta en el semental una urgencia sexual que comienza a enloquecerlo. Cuando el toro ya no puede más y está a punto de romper la cerca para aproximarse a la becerra, Pasifae le ordena a Dédalo que construya un armazón que reproduzca la fisonomía de la vaquilla, de tal manera que ella pueda entrar en este y acomodar su sexo para que el toro pueda penetrarla. Acto seguido manda matar a la vaquilla e instruye a sus lacayos para que la piel aún tibia del animal sea colocada sobre la estructura que la simula. Luego Pasifae ordena que la barrera entre los corrales sea removida y el toro enloquecido entra a montarla, oculta y en celo bajo esa piel sangrante.

Así es concebido el Minotauro, hijo de la pasión bestial y del simulacro. Dédalo construye entonces por órdenes de la reina el laberinto, morada de la vergüenza, casa del Minotauro, espiral horizontal del terror, metáfora viva de nuestros tiempos que representa, pero también esconde como una aberración, como el aullido de Pasifae

al recibir al toro, nuestros deseos más prohibidos, más secretos.

En el centro de su laberinto un hombre cava un pozo.

## 37

¿Qué cazaban en el bosque Narciso y su hermana? Mis hermanas oscuras también salen de cacería, como yo, a los bosques de la noche. Amazonas lunares. Viéndolas vestidas de negro me preguntaba si también guardaban luto. ¿Viudas de qué decepción, de qué respuesta inhallada? Por eso la respuesta de la mujer sin nombre no me sorprendió cuando la encontré de nuevo en ese club. Fui a buscarla al Trocadero y estaba sola nuevamente con su vino tinto y todo ese terciopelo negro.

—Estoy cazando —me dijo.

El gato de Miró no me miró: dormitaba escondido en su espalda.

—Necesito saber tu nombre —dije. Me miró divertida.

—Hoy me llamo Cleopatra, por lo tanto me siento particularmente inclinada a ser altiva, sensual y a que me sirvan.

—Cagaste —le dije—. Me gustas sensual y altiva pero no te voy a *servir*.

Poniéndose frente a mí, me puso una mano en la nuca y comenzó a enterrarme en la piel del cuello las uñas, largas y barnizadas de negro como su ropa. Yo no protesté. Me acercó hacia su boca y me besó. Mientras lo hacía, continuaba hundiéndome las uñas. Fue un beso profundo, casi íntimo, hecho de lengua y nada más. De pronto me mordió los labios y yo la aparté tomándola de los hombros. Creí haber descubierto el juego y le dije simplemente no, pero con un gesto que explicaba que no me gustaban las dominatrices, que jamás aceptaría el dolor de mi cuerpo ni la humillación como vía al placer. Me miró fijamente a los ojos y le dio un sorbo lento a su copa.

—No entiendes un carajo… A mí me gusta que los hombres me dominen, que me sometan, que me hagan el amor violentamente, que me cojan, que me muerdan y me entierren su carne dura y las uñas. Para mí, *servirme* significa *usarme*.

A medida que escuchaba estas palabras sentí que se me comenzaba a secar la garganta y que un calor intenso comenzaba a brotarme de algún lado del cuerpo, produciéndome una sensación de asfixia. La mujer me miraba con un gesto ambiguo y me acariciaba la solapa del saco con las uñas.

—¿Cómo te llamas? —volví a preguntar.

—Justine. Juliette. Como tú quieras, da lo mismo porque tampoco tengo nombre.

Puse mi mano derecha en su espalda y busqué una apertura en la blusa. Cuando la encontré comencé a recorrer con dos dedos la piel de su espalda baja y poco a poco empecé a enterrarle las uñas en esa piel caliente y oculta. Apenas sintió que mis uñas se le enterraban, ella inició un movimiento ondulante con los hombros y la cintura como una puta gata, como una gata puta. Me gustó esa reacción. Me gustó la manera en que sus ojos me miraron agradecidos. Me gustó haber entrado sin aviso alguno a un territorio completamente desconocido. Me gustó la idea de poder ser violento y de tener a mi merced a una mujer como ella para morderle con fuerza los pezones, enterrarle los dientes en las nalgas, o lo que viniera. Y finalmente me gustó la posibilidad de no ser yo, o de tal vez descubrir un yo desconocido como el que en ese momento comenzó a surgir de abajo de mi piel junto con ese calor nuevo. Por un instante tuve miedo, y ese miedo fue una suerte de aviso, pero mi curiosidad fue mucho más fuerte. Continuando con mis uñas el viaje prohibido recordé el dicho aquel de la curiosidad y el gato, pero decidí que el ronroneo del gato de Miró era más fuerte en ese momento que cualquier sentido de prudencia. Mientras ella se movía de esa manera obscena —hombros y cintura como si el gato de su espalda se hubiese apoderado por completo de ella— le enterré con fuerza las uñas y pude sentir cómo entraban en su piel. Entonces ella se acercó a mi oído y me dijo *fuck me*.

Caí en el pozo.

38

No sabía cómo se llamaba, pero estaba en su departamento.

Mientras manejaba hacia la calle Fillmore, donde ella vivía, sentí su mirada recorriéndome como una lengua húmeda cada centímetro de piel de la cara. Cada vez que volteaba a verla, sus ojos eran como dos brasas y me costaba trabajo enfrentarlos. Tenía que conducir el auto y eso excusaba el que mis ojos no entablaran la batalla con los suyos. Estacioné el coche y la seguí hasta la casa victoriana donde estaba su departamento.

Apenas entré en su territorio se me lanzó encima y comenzó a besarme. Me bajó el cierre del pantalón mientras yo le subía la blusa y le bajaba el brasier para dejarle las tetas al aire. Eran grandes y tenían pezones pequeños y suaves que contrastaban con el tamaño del resto de sus pechos. Los acaricié mientras ella tomaba con su mano derecha mi sexo erecto. De pronto me soltó y me dijo sígueme. La seguí por un pasillo oscuro y mientras entraba al baño me dijo que si quería vino o cerveza fuera a la cocina. Pregunté si podía fumar mientras me acomodaba de nuevo el pantalón. Encendí un cigarrillo junto al baño y busqué con los ojos alguna puerta que condujera a la cocina, pero escuché el sonido poderoso de sus orines cayendo en el agua del inodoro y me quedé un instante junto al baño recordando el «Tango del viudo» de Neruda e intentando oír el sonido peculiar que produce el papel higiénico al frotarse contra el vello púbico del sexo femenino. No escuché más que el sonido del agua llevándose su orina tibia a las profundidades de los caños de la ciudad.

Me alcanzó en la cocina y sacó dos copas de cristal de Bohemia de una vitrina mexicana. Sacó una botella de vino francés de una repisa y me la dio para que la abriera con un sacacorchos que estaba sobre una mesa. Serví el vino.

—Ven —me dijo.

La seguí hasta la sala. Puso un disco compacto y entregándome la cubierta me preguntó si conocía al grupo.

—¿Miranda Sex Gardens? No.

Me senté en una silla tapizada con un brocado de seda púrpura y ella vino a sentarse a mi lado.

—¿Qué quieres hacer? —preguntó.

—Quiero que me digas cómo te llamas.

—Hoy me llamo Vida. Algo que muchos idiotas no entienden.

—¿Y tú qué quieres hacer? —Le miré el cuerpo con codicia.

—Quiero que bebamos esta botella de vino y luego otra. Quiero que escuches mi música favorita mientras te muestro una parte de mi colección de lencería.

—¿Vas a modelar para mi placer exclusivo? —le pregunté sonriendo.

—Modelo para ganarme la vida, qué más da si lo hago esta noche una vez más.

Por fin decía algo de su vida. Me entusiasmó estar con una modelo y sonreí. Nunca tuve esa suerte de consumidor. Sus palabras me hicieron verla con una mirada distinta. Tenía sentido que trabajase como modelo. De hecho, ahora que me lo decía no podría creer, aunque me lo dijese, que tuviese otra ocupación que no fuera esa.

—Okey —le dije—, modela.

Me sonrió al levantarse y comenzó a bailar al ritmo de la música. Puta de mierda, pensé mientras se desabotonaba la blusa y dejaba al descubierto su carne pálida. Comenzó a bajarse la falda larga que le llegaba hasta los tobillos y se quitó la blusa. Era una visión maravillosa sacada de un catálogo de *Felina* o *La Perla*. Tenía puesto un corpiño de satín morado con incrustaciones de terciopelo negro formando un brocado Victoriano. La tanga era una verdadera obscenidad cuya parte trasera se le enterraba en el culo redondo y perfecto, donde tenía tatuado un laberinto en la parte superior de la nalga derecha. Bailó como había bailado entre los vampiros la noche gótica y lunar en que la descubrí en el Trocadero. Como aquella noche, la observé sin pudor alguno. Toqué con mi mirada su carne efímera. La deseé sin reservas y al terminar la canción le ordené que se sacara el corpiño. Me miró y se llevó las manos a la espalda mientras yo comenzaba a entender las reglas de ese juego oscuro.

Sus pechos iluminaron la estancia y la noche. Bailaba y se detenía por segundos para darle sorbos a su copa, y luego, sin voltear a verme, continuaba la danza. Sus pechos eran firmes, jóvenes, casi adolescentes; sus piernas largas y fuertes. Yo bebía y me relamía los labios. Encendí un cigarro y en un momento en que ella se empinó de espaldas frente a mí, lo dejé en mis labios y extendí la mano derecha para apropiarme de su coño como si cogiera una manzana de un árbol lúbrico cercano. Sintiendo el calor de su sexo en la palma de mi mano la acerqué hacia mí y en el sillón me descubrí joven como ella y vistiendo una piel desconocida.

Mis dedos huelen a vagina. Tengo tantas imágenes confundidas que se empalman y no me dejan darles identidad individual. Nuestras bocas sorbiéndose la saliva, arrebatándose las lenguas. Los labios mordidos. Sus pezones hinchados y la piel alrededor de cada aureola amoratada por la succión y la mordedura de mis dientes. El dedo medio de mi mano derecha enterrado en su totalidad en su ano diminuto y limpio. Mis uñas clavadas en su espalda, en sus brazos, en sus nalgas, y las suyas enterradas en mis hombros y en mi cuello. Mis manos oprimiéndole los huesos del cráneo y llenándose de ese olor a humo que jamás olí en el cabello de ninguna mujer. Un olor a humo que me hizo pensar en la cabellera de una bruja enviada a la hoguera.

Es la mañana del día siguiente y estoy de vuelta en casa. Recuerdo lo sucedido y mi cuerpo reacciona con un estremecimiento violento. Quiero más, carajo, quiero más.

Suena el teléfono; es Marianne.

Es la segunda llamada de esta semana, pero hoy me nota raro.

Llegará el domingo. United. Vuelo 152. 16:35 p.m.

Quiere tener mis hijos.

Pero no los tendrá.

Ya no tengo miedo.

Lo único que tengo es la urgencia violenta de volver al brocado y al aullido.

## 40

Marianne, tatuada con pantera, y la mujer sin nombre, tatuada con gato y laberinto, eran dos extremos opuestos de una civilización vieja y cansada. Dos puntos que se tocaron por pura coincidencia a través de mí.

En Marianne, el mundo europeo había producido una de sus manifestaciones más interesantes. Una joven curiosa que buscaba en otras culturas señales de identidad que sus ojos pudieran traducir al lenguaje común de la mirada. Sus fotografías eran testimonios respetuosos de momentos únicos. Su mirada no era la mirada imperial del antropólogo que viaja como un Indiana Jones de la cultura occidental a tierras exóticas en busca de los últimos vestigios del buen salvaje para reportar en el *National Geographic* sus hallazgos. Marianne era verdaderamente como el aire que recorre la superficie de la Tierra y no tiene nacionalidad ni distingue razas o idiomas. Sin religión, sin miedo, sin prejuicios. Marianne vivía en el viaje como Ulises. Pero su Ítaca era el viaje mismo.

La mujer sin nombre era la expresión perversa del lado oscuro de esa misma cultura occidental. Una cultura aburrida, agotada. Su violencia era de orden intelectual. Sus libreros estaban llenos de literatura gótica y de las obras de Sade, Bataille, Klossowski. La colección completa de la editorial londinense Velvet: Pantziarka, Krafft-Ebing, Von Masoch, Whitehead, etc. Libros de fotografías de la casa alemana Taschen: Saudek, Witkin. Libros de licantropía, brujería, tatuajes, sadomasoquismo, vampiros. Pero me llamaron la atención los libros de poemas. Observé en sus libreros una mezcla heterogénea de poetas de todo el mundo. Libros en francés, en italiano, en alemán. En su habitación nada indicaba de manera obvia sus preferencias eróticas, aunque la decoración abundaba en detalles que le daban al cuarto una atmósfera barroca, cálida y oscura. Pero el enorme clóset entreabierto me permitió ver una colección de ropa y accesorios propia del ropero de una vampiresa real. Brocados color borgoña, ropajes de terciopelo negro, seda, satín, corsés, encajes, todo negro, todo suave al tacto, áspero a la memoria. En una especie de altar había pequeñas rocas y frascos que imaginé contenían esencias exóticas o ungüentos propios para el ejercicio amoroso. Arriba del altar había una repisa donde una serie de libros encuadernados con pieles que no pude identificar estaban sostenidos a los lados por dos gárgolas diminutas talladas en piedra. Los libros eran idénticos, salvo por la piel que los cubría.

Su actitud displicente, altiva e indiferente, me intrigaba. No estaba interesada en saber nada de mí. Era el egoísmo del placer. Me daba todo lo que mi cuerpo demandara del suyo, pero cualquier intento de comunicación de mi parte era reciprocado con una sonrisa helada, artificial. Una sonrisa de «me importa un comino lo que pienses, lo que digas, lo que te interese». Era el felino absoluto. Necesitaba ser tocada, estrujada, agredida, pero no sentía la obligación de corresponder más que con la mirada y el abandono de su cuerpo. Me sentí en peligro porque a medida que iba entendiendo lo que ella demandaba en silencio me gustaba más el juego, lo encontraba cautivador por desconocido. A partir de ese entendimiento me di cuenta de que por primera vez en mi vida adulta no tenía el control de nada, ni siquiera de los deseos de mi cuerpo.

Los encuentros se sucedieron con frecuencia. Marianne tenía sus propias ocupaciones y entendía que yo no pudiera verla tan seguido como ella hubiese deseado. Yo me escapaba al Trocadero y cuando encontraba a la Condesa (como empecé a llamarla a partir de nuestro tercer o cuarto encuentro), a veces en brazos de algún vampiro bello y de cabellos largos, ella lo dejaba todo para venir a besarme y hacerme compañía. Luego nos íbamos a su departamento donde nos embriagábamos con vino tinto hasta que ese deseo oscuro comenzaba a apoderarse de nuestros cuerpos y comenzábamos a mordernos, a tocarnos con violencia, a buscar algo nuevo que hacer para evitar el hartazgo de los días y la rutina que se apodera hasta del sexo.

Pero un día me descubrí enamorado y tuve que hacer un gran esfuerzo para no decirle nada. Sabía que ese sería el fin. En nuestra relación había una especie de código de honor que ninguno de los dos podía romper, so pena de perder al otro. Yo no me habría atrevido a hacer o dejar de hacer algo que fuese más allá de las reglas que a pesar de nunca haber sido establecidas existían como si hubiesen sido grabadas en piedra. La transgresión constante en la que nos usábamos mutuamente era de otro orden. Las reglas a romper eran otras. La realidad de nuestra relación estaba controlada por leyes que pertenecían a otro tipo de legalidad, otro tipo de normas. El amor, tal y como yo empecé a experimentarlo, habría sido una transgresión inaceptable. Tuve que callarlo, adormecerlo en mi pecho como un cáncer que uno niega para crear la ilusión de que todo estará bien.

Traté de no buscarla y de refugiarme en Marianne, en mis cartas a Constancia, en mis cartas a Sabine. Pero un sábado a las dos de la mañana me vi saliendo de mi casa, manejando mi auto a toda velocidad rumbo al club donde supuse que estaría. Después de recorrer rápidamente el lugar llegué a la conclusión de que ya no estaba. Era demasiado tarde para buscarla en algún otro club y me fui hasta su casa de la calle Fillmore. ¿Encontraría a la gata? Dibujadas por la luz en la ventana vi dos siluetas. Una de ellas era la Condesa, la otra silueta era también de una mujer. Se besaban.

## 41

Dice Denis de Rougemont que lo que exalta el lirismo occidental no es el placer de los sentidos ni «el amor logrado», sino la pasión de amor, y que esta pasión siempre significa sufrimiento. Por eso para mí pensar en términos de *pasión* en los fabulosos noventa me hace recordar una canción del grupo Garbage, *#1 Crush*. En el final del siglo nuestra idea de pasión ha cambiado, pero sigue significando sufrimiento; por eso esta canción tiene más sentido que nunca. Me acuerdo de unos versos:

*I will die for you, I will kill for you*
*I will steal for you, I will die for you*
*I will wait for you, I'll make room for you*
*I'll steal sheeps for you*
*to be close to you, to be part of you*
*'cause I believe in you, I believe in you*
*I will die for you…*

Y después de haber llevado a tales extremos la experiencia amorosa de este siglo, ¿qué nos queda? ¿En qué términos definir conceptos como pasión, seducción, entrega? *Anyone would do…* La forma es el contenido: MTV, vampiros, terciopelo negro, dime dónde compras y te diré cuánto debes, angustia finisecular, filosofía derr(u)ida, *bondage*, unilateralidad, individualismo, el reinado absoluto de la imagen, la muerte del sexo, la muerte del texto; úsame, mátame, entiérrame las uñas, robaría por ti, me arrastraría a tus pies, véndeme tu imagen o cualquier imagen: *anyone would do*; la forma de tus pechos corresponde al contenido de tu corazón, tus lentes de contacto son el espejo de tu alma, eres lo que aparentas, lo que tú quieres que yo crea que eres: la forma es el contenido. La pasión no es sino el eco de las palabras que la representan. Úsame. Domina mis instintos. Estoy vacío: soy apenas la silueta de mi apetito, una danza oscura en un lugar improbable pero cierto a pesar de mis ojos. Templo de amor oscuro. Lluvia de ácido sobre la piel del humanismo podrido. Signos intraducibles. La forma es el contenido: ya llegamos.

## 42

En sus *Cartas persas*, publicadas en 1721, Montesquieu relata que las mujeres persas de la época no únicamente esperaban que sus maridos las golpearan, sino que incluso lo deseaban. Para apoyar esta declaración, por demás terrible, refería la historia de una mujer común que escribía a sus amigas largas cartas quejándose de que su marido nunca le pegaba y que gracias a esto sus vecinos se burlaban de ella, puesto que esta ausencia de castigo físico era la prueba fehaciente de que su hombre no la amaba. La mujer juraba en sus cartas que trataba por cualquier medio de provocar la cólera de su marido para que este la golpeara. Ante la inutilidad de sus esfuerzos, la mujer terminó por crear un teatro privado y desconcertante en el interior de la casa familiar. Cuando el marido volvía de la calle, la mujer comenzaba a emitir alaridos y quejas como si este la estuviese golpeando salvajemente. Cuando el marido trataba de calmarla tomándola por los hombros, la mujer respondía con gritos aún más lastimeros, logrando así convencer finalmente a sus vecinos de que su esposo la amaba por encima de todas las cosas.

## 43

El romántico que naufragaba en mí no se resignaba a aceptar que la Condesa esperaba, ya no de mí, sino de cualquier hombre o mujer a quien se entregase, el castigo físico como prueba de amor o aceptación. Yo asistí al espectáculo de mí mismo haciendo cosas que nunca imaginé que podría hacer. Desde enterrarle las uñas en la espalda la primera noche que me besó hasta atarla a la cama con los ojos vendados y tomarla violentamente a petición de ella mientras elaborábamos la trama de una obra de teatro para dos, para el placer de dos y con únicamente nosotros dos como espectadores.

Al principio las mordidas y los rasguños fueron la introducción a ese juego que cada vez se tornaba más oscuro. Bofetadas, nalgadas que le dejaban el culo enrojecido y las marcas de mis dedos en la piel, así como otros juegos eróticos de ligero sadismo de mi parte le siguieron al juego de las uñas cortantes.

Una noche, una madrugada, me descubrí haciendo algo que me alarmó. Pensé entonces que tendría que buscar otra cosa que me liberara de esa tan deseada y adictiva oscuridad.

Habíamos vuelto de un bar de Soma donde el alcohol y la música nos pusieron en un estado de ebriedad sórdida. La conversación en el bar fue más o menos así:

—¿Por qué nunca me dijiste que te acostabas con mujeres?

—Nunca me lo preguntaste. ¿Te molesta?

—No, por supuesto que no. Pero por alguna razón no se me había ocurrido que también te gustaba acostarte con mujeres.

—Pero…, ¿no te parece que tiene sentido, conociéndome como me conoces?

—Tiene sentido, el único problema es que no te conozco, corazón. Ni tú a mí. ¿Para qué nos hacemos pendejos con la ilusión de que nos conocemos?

—Conoces más de mí de lo que la mayoría de la gente nunca llegará a conocer…

—¿Y qué es lo que sé de ti? ¿La manera en que se te amoratan las tetas después de que te las muerdo por horas? ¿Que hay una barrera que no puedo cruzar aunque todas aquellas que la gente nunca cruza no existen entre nosotros? Ni siquiera me has dicho tu nombre.

—¿Y para qué quieres saber mi nombre, carajo? ¿No te basta lo que te doy cada vez que vienes?

—No se trata de eso, creo que sabes de qué estoy hablando…

—Basta. Mejor sigue tomándote tu vino y hazme un favor…

—Lo que quieras…

—Bien. Escúchame con atención: hoy no me puse calzones.

—¿En serio? —pregunté sorprendido, porque a pesar de que estaba de moda que las mujeres no usaran ropa interior en San Francisco, sabía que la Condesa era una fanática de la lencería.

—En serio. Quiero que te imagines mis nalgas desnudas bajo la minifalda. Tengo un liguero negro y medias de seda que me compré en Saks especialmente para ti. Quiero que me calientes hasta que me moje los muslos. Dime qué es lo que me harías si en este momento yo me levantara y me metiera al baño de los hombres y tú estuvieras allí conmigo, a solas.

—¿Quieres que te lo diga o que te lo haga?

—Por el momento únicamente quiero que me lo digas…

Me acerqué a su oído y aproveché el movimiento para deslizar mi mano izquierda bajo su falda hasta comprobar que no tenía calzones. El contacto de las yemas de mis dedos con su vello púbico y la visión de su sonrisa maligna me hicieron tragar saliva.

—Cierro la puerta y te doy una cachetada —susurré.

—¿Por qué la cachetada?

—Por puta. Por meterte al baño de los hombres.

—Okey. Continúa.

—Luego te digo que eres una puta y te doy otra cachetada.

—¿Otra?

—Otra. Por puta y por preguntona.

—Okey —exclamó con una sonrisa que era una protesta divertida—. ¿Y luego?

—Luego te beso en la boca y te ordeno que te quites la blusa pero no el brasier. Me miras con rencor por haberte pegado y yo te digo que si me miras así te voy a dar otro madrazo. Bajas los ojos.

Mientras hablo, siento cómo la Condesa empieza a reaccionar a la presencia de mi mano, que se mueve lentamente entre sus piernas, con ese movimiento ondulante de sus hombros y su cintura que desde la primera vez que la toqué no dejó de perseguirme cada vez que no estaba a su lado.

—Luego te ordeno que cierres los ojos y que me bajes el cierre del pantalón. Lo haces y yo te tomo por los hombros desnudos y te doy la vuelta. Estamos frente al lavabo y puedo ver tu cara en el espejo, tus ojos cerrados, tu cabello oscuro con brillos dorados. El olor a humo de tu pelo invade el cuarto de baño. Puedo ver tus pechos y a través de tu brasier de seda transparente tus pezones pequeños y erectos.

—Como ahora, mi rey. Están erectos.

—Luego te subo la minifalda a la altura de la cintura y veo, compruebo con la vista, lo que ahora compruebo con el tacto: que hoy no te pusiste calzones. Frente a mí tengo tus nalgas blancas y redondas. Las tiras del liguero bajan por ellas hasta atrapar tus medias de seda nuevas, y el contraste de tu piel con el color negro, la manera en que las medias se aprietan a tus muslos, y la sombra oscura de la división de tus nalgas me excita.

—¿Y yo qué hago?

—Tú mueves la cintura y los hombros como ahora, como una pantera en celo, como una vampiresa que tuviese frente a ella el cuello desnudo de una virgen de catorce años. Te mueves como la puta que eres. Luego te separo con la rodilla de mi pierna derecha las piernas y...

—Basta.

—Okey. ¿Qué quieres hacer?

—Ir a mis dominios.

—Excelente idea.

Saqué la mano de entre sus piernas y me chupé los dedos con gula mientras la miraba a los ojos. Ella tomó mis dedos y se los metió a la boca mientras yo buscaba con la vista al dueño del bar. Pagué y caminamos hasta al auto.

—¿Viste la *Historia de O*? —me preguntó sin mirarme.

—Pauline Reage... Just Jackin. La leí y la vi. ¿Por qué?

—Porque ahora quiero jugar a la *Historia de O*.

—Bueno, pero para empezar te faltan los calzones. El liguero ya lo tienes puesto.

Se levantó la falda y dejó que su culo se posara desnudo sobre el asiento. Como la protagonista de *Historia de O*, me refirió la sensación de ir sentada sobre el asiento de cuero sin nada que mediase entre la piel de sus nalgas y el asiento. Yo fumaba y escuchaba una de sus cintas de Suzzane Vega en el autoestéreo. Pensé que habría sido interesante someterla en ese momento a un experimento como el de la novela: llevarla a un lugar donde una sociedad secreta de mujeres sumisas vivía a disposición de una bola de cabrones que las torturaba y usaba a su gusto. Pero me alegró que nuestro placer fuese privado. Después de todo yo no soy francés ni inglés, soy mexicano.

Llegamos a su departamento.

—Bienvenido a mis estancias.

—Gracias, Condesa. Quítate la falda.

Se la quitó y luego se sacó la blusa. Brocado de seda y terciopelo. Liguero y vello púbico. Pálida piel de jazmín dariano, pero un siglo de decadencia después. Se dirigió a la cocina a abrir una botella de tinto mientras yo iba a orinar al baño. Cuando salí, subiéndome el cierre del pantalón, mi Condesa estaba recargada junto a la puerta del baño con una copa de vino en cada mano. En el cuello, llevaba puesto un collar de perro. Sonreía. Del collar, incrustado con estoperoles puntiagudos, pendía una correa de cuero negro que le caía entre los pechos y le llegaba a la altura de los muslos. Con una mano tomé mi copa de vino y con la otra la correa. Me bebí de un trago el contenido entero de la copa y una gotas me chorrearon por las comisuras.

—Lámeme estas gotas —le ordené. Me las lamió.

Entramos en su cuarto y yo le dije que la iba a lastimar y que no había nada que ella pudiera hacer para evitarlo. Su boca entreabierta, su mirada violeta fija en mis ojos y su respiración agitada eran prueba de que nada le importaba excepto esa sesión oscura de placer podrido.

La empujé sobre la cama y tomándola de la cintura la puse frente a mí de espaldas y la hice arrodillarse. Me metí un dedo en la boca y lo lamí. Con los dedos índice y pulgar de la mano izquierda le separé las nalgas y después de unos movimientos circulares y preparatorios alrededor de esa piel privada le comencé a hundir el dedo índice recién lamido y húmedo en el culo desnudo que ella me ofrecía.

Metí el dedo y lo saqué por espacio de dos minutos mientras apoyaba en su espalda mi vaso de vino y fumaba usando su espalda desnuda como cenicero para depositar las cenizas de mi cigarrillo. Le hundí el dedo en el culo cuando se me vino a la cabeza una idea perversa. A mi derecha había un tocador donde una vela prendida testimoniaba la escena con su mirada débil. Sin pensarlo la tomé y apoyé el candelabro sobre su espalda. En principio quería luz para poder contemplar mejor mi tarea sucia y deliciosa, pero recordé mis lecturas del divino Marqués. Tal vez la inocencia de una acción espontánea me hubiese salvado, pero mi pasado semiletrado me condenó a una acción ruin por premeditada —no en mi cabeza, sino en otra más perversa que la mía. Recordé la historia de Rose

Keller y el proceso que envió al Marqués de Sade a la cárcel. Recordé la cera derretida que el Marqués vació sobre las heridas abiertas de Rose Keller, e inclinando la vela comencé a vaciar las gotas de cera sobre la piel de la espalda de la Condesa. Reaccionó con un sacudón violento al que yo respondí sujetándola del cuello con mi mano libre. Cuando volteó y me clavó su mirada interrogante yo respondí soltándole el cuello para hundirle nuevamente el dedo hasta el fondo del ano. La Condesa emitió una queja débil que yo aproveché para sacar el dedo y unir el dedo medio junto con el índice en la penetración. Escupí una nuez de espuma sobre mi dedo para facilitar la entrada y tomé la vela una vez más inclinándola sobre su espalda baja. Tenía ahora dos dedos dentro de ella y varias gotas de cera seca como testimonio de mi posesión. Su liguero, su nuca desnuda, sus clavículas huesudas y el sonido ronco que como el de un animal en celo brotaba de su garganta, eran el permiso que necesitaba para continuar. Veía el collar y me decía que era inútil pensar nada. Todo en ella era sumisión, permiso para transgredir, ansia de cruzar fronteras. Hundí el anular y el meñique en la vagina y dejé la vela a un lado. Con la mano izquierda la tomé del pelo.

—Dime tu nombre, puta. Dime cómo te llamas. Dime qué quieres de mí.

Al escuchar esto la Condesa se agitó violentamente y se separó de mí. Con rabia intensa me miró con sus ojos violetas y me dijo que me fuera. Me arrojé sobre ella. Cogí mi sexo y lo dirigí hacia esa vulva hinchada y húmeda que ahora ella me negaba. Ella se resistió pero yo me abrí paso entre sus piernas mientras ella me clavaba las uñas en la espalda y me mordía el hombro derecho hasta sacarme sangre. Entré en ella, y cuando estuve en el fondo de su sexo su mordida se volvió un gemido de placer cochino, un aullido de placer prohibido que aún escucho. Me besó desordenadamente con besos animales y me pidió que la mordiera, que le rompiera los huesos, que no me viniera y prolongara su placer hasta partirla a la mitad y volverla loca.

La volteé porque la vista de sus nalgas era lo que más me calentaba. Le metí la lengua en el culo y ella haciendo un giro sorpresivo me metió la suya en el mío. Nos lamimos todas las partes del cuerpo que estaban al alcance de nuestras lenguas. Me aparté para penetrarla por el culo y ella respondió con gritos que ya no eran de dolor. Me enterraba las uñas, me mordía cualquier pedazo de piel que estuviera al alcance de su boca. Hundí la mano en su vagina. Mordí sus pechos hasta beber una leche de sangre. Nos marcamos la espalda con las uñas y en las uñas quedaron pedazos de piel como trofeos de una guerra lúbrica y prohibida. Me olí el cuerpo y el cuerpo me olía a sangre y a vagina, a saliva y mierda. Me bebí todo eso: su sangre, su jugo vaginal, su saliva, sus orines y su mierda. La golpeé, la insulté, la penetré una y otra vez y no pude contenerla. Quería más, quería algo que yo no tenía y que no tendría nunca. La verga erecta se me caía a pedazos y ya no pude más. El sueño me venció y me despertó su boca lamiéndome los güevos, lamiéndome la verga una vez más. Intenté calmarla con mis dedos, con mi lengua, con mi pierna, y no pude saciar ese apetito perro. Me declaré vencido. Me dejé vencer por la debilidad de mis piernas y por mi asco. Nuevamente le hundí dos dedos en el culo y dos dedos en la hambrienta vagina. No pude contenerla.

Al día siguiente decidí marcharme al Sur, al más lejano sur.

## 44

El fuego que está hecho de sombra es más intenso. En el corazón de la sombra vive el fuego.

De todos los elementos conocidos, el fuego es el elemento sinónimo de la pasión carnal. Su cuerpo —si es que ese aire quemado puede ser llamado cuerpo— se mueve con la misma ondulación vertiginosa con que se pueden mover la espalda y la cintura de una mujer. Solamente el fuego hipnotiza con su danza de carne intocable al rojo vivo. Lengua de fuego. Boca madre de la destrucción, caverna de carne donde habita el dragón de la inconsciencia. Hermana incestuosa de la muerte. Lengua de mujer: lengua de fuego.

Pero ni el fuego puede con el fuego. Por eso la quema de brujas demostró la inutilidad de esa creencia que asumió que el poder de una mujer puede ser vencido por las llamas. La mujer, cuando es de fuego, es invencible. La bruja, sacerdotisa mayor en los círculos del infierno de la inteligencia negra, es una encarnación del fuego, la encarnación de una carne letal, de una sabiduría milenaria.

Arde en la conciencia la hoguera de la hora de la verdad. Arde en la conciencia la hora de la muerte, la hora ciega. El fuego que está hecho de flama sombría es doblemente intenso. En el corazón de la duda, en el corazón del arrepentimiento, en el corazón del miedo vive el fuego. En la hoguera de la hora final arde la conciencia de la carne, la carne inconsciente, incestuosa, incesante. En el centro del corazón está la sombra que sembró el fuego.

## 45

Continué mintiendo.

Inventé una invitación a un congreso en Argentina para que Constancia no viniera a verme. En una de nuestras llamadas telefónicas previas a mi decisión de irme de viaje —de huir, ese privilegio de los débiles de carne— a Buenos Aires, Constancia me anunció que estaba organizando su calendario para hacer un viaje a San Francisco. Pero nuestra relación era tan sexual que no podía escaparme del cuerpo de la Condesa para refugiarme en el de Constancia. Marianne se había convertido en una presencia que yo marginé durante el tiempo que caí en el pozo negro. Estaba ocupada con sus propios proyectos y no me exigía mucho. Yo temía perderla, como temía perder a Constancia y a Sabine. La Condesa no me dio más alternativa que la dependencia adictiva a su sumisión perversa.

Cené con Marianne una noche y le dije que tenía que hacer un viaje. Ella no sabía nada de mis quehaceres nocturnos y entendía que yo quisiera salir de San Francisco por un par de semanas. Ella, que era el viaje mismo, podía entender mejor que nadie la necesidad de amanecer al día siguiente en otro sitio.

Pero Constancia se mostró decepcionada. Toda la tensión que tejimos entre nuestros cuerpos y nuestros futuros especulados creció con el tiempo. Imposible explicarle el verdadero motivo de mi angustia. Por una parte tenía la necesidad de verla: Constancia, la mujer de agua, podría lavarme las heridas con sus ojos grises y su risa fresca. La deseaba como nunca porque la violencia entre nuestros cuerpos era limpia. Era una violencia natural, no una violencia basada en el simulacro. Pero necesitaba mucha distancia entre mis manos y aquel otro cuerpo. Le prometí ir a México a buscarla en cuanto volviera de Argentina, pero esa fue una promesa más que no pude cumplir.

En los días que precedieron a mi partida me propuse no buscar a la Condesa. Ella nunca me había llamado ni me llamaría. Ni siquiera me había pedido mi número de teléfono. Nunca me pidió nada. Especulé que su llamado no podía ser convencional: alguien como ella no usaba el teléfono para llamar a nadie. Me volví dependiente de esa orden que me hacía llegar por otros medios. Mi intuición me decía cuándo buscarla, cuándo me deseaba ver. Nos colonizamos mutuamente. Ambos éramos víctimas de nuestras debilidades, pero ambos ejercíamos, el uno sobre el otro, un poder absoluto. Yo era el comendador de su piel, ella la esclava sexual que me esclavizó con su lujuria insaciable. Por esto, y porque falsifiqué un llamado suyo, me fue imposible mantener esa distancia.

Dos días antes de irme fui a buscarla al Trocadero. Llegué temprano y pedí una cerveza. Algunas vampiresas bailaban en la pista. Como la luz era pobre me recluí en una esquina para observar a las chicas que bailaban en las jaulas que pendían del techo y a las que danzaban en la pista. No quería llamar la atención de nadie. Los vampiros bailan de una manera sensual y solitaria, se saben observados y disfrutan la atención, pero no demuestran nada.

Las dos mujeres que bailaban en sus respectivas jaulas eran dolorosamente bellas. No eran empleadas del lugar. Entre las clientes del club, aquellas que querían hacer un *performance* erótico simplemente esperaban su turno y entraban en las jaulas para ofrecerle a los otros el regalo de su cuerpo semidesnudo. La que tenía frente a mí me regalaba la vista de sus nalgas cada vez que se inclinaba en su danza para tocarse los pies y las pantorrillas. La acariciaba una luz negra que venía del techo y otra más negra que surgía de mis ojos.

Por espacio de una hora me entretuve tomando cerveza y observando a la chica enjaulada, haciéndola mía con mi mirada anónima, hasta que descubrí a la Condesa entre los rostros pálidos de los demás. No me vio. Subió al segundo piso donde había otra barra y un pequeño escenario donde cerca de la medianoche se iniciaba un espectáculo sadomasoquista. Yo había visto una vez ese espectáculo, pero no me pareció demasiado interesante. Lo que vivía con la Condesa en privado era mucho más real. Traté de concentrarme nuevamente en mi bailarina y logré hacerlo por otra media hora, pero a un cierto punto no pude evitar subir a buscar a la Condesa. No tendría que haber subido. Intuía que lo que estaba haciendo iba en contra de nuestras reglas. Sin embargo subí y me percaté de que la mayoría de los vampiros estaban alrededor del escenario de las torturas. Me acerqué cautelosamente. Habría unas cincuenta personas que me bloqueaban la vista. Pero alcancé a distinguir los brazos de una mujer que pendían de una cadenas que bajaban de una estructura de metal. Sus muñecas estaban atadas con unas correas de cuero. Tres vampiros de escasos veinte años la rodeaban. Me abrí paso entre el público que miraba hipnotizado el escenario y reconocí el tatuaje del gato en la espalda del cuerpo que pendía de esas cadenas. El cuerpo de la Condesa giraba lentamente a voluntad de los sádicos imberbes y apenas lo sostenían los dedos de sus pies en el piso del escenario alfombrado. Tenía puesta una peluca negra, corta y con flequillo, como Uma Thurman en *Pulp Fiction*, y sus ojos estaban vendados con un lienzo de terciopelo negro. Tenía un brasier de cuero negro que yo no conocía y que consistía de unas cintas que rodeaban sus senos dejando al descubierto los pezones pequeños. Liguero y medias de seda, una especie de tanga diminuta que se le enterraba en el culo y dejaba al descubierto sus nalgas blancas y firmes; en la nalga derecha brillaba el sol negro del laberinto como un signo de duda grabado en su carne.

Uno de los chicos tenía en la mano derecha un látigo corto con tiras de cuero con el que le daba golpes suaves en la espalda y en el culo desnudo que ella paraba para facilitarle el castigo. Otro le recorría los brazos, las axilas y la cara con las yemas de los dedos y las uñas. El tercero tenía una especie de instrumento de neón con el que le daba leves toques eléctricos en diversas partes de su cuerpo: en el ombligo, donde la Condesa tenía una argolla incrustada, en el cuello, abajo de los pechos y ocasionalmente en los pezones expuestos. La Condesa sonreía suciamente, se pasaba la lengua por los labios y se los mordía mientras el chico del látigo se acercaba a ella para besarla atrás de la oreja izquierda y preguntarle si todo estaba bien, si quería continuar, si podía azotarla con más fuerza. En el escenario y entre el público reinaba un clima de cordialidad y amabilidad que resultaba incongruente. Ella accedía a ser castigada, pero había un límite que ella misma marcaba y que nadie se atrevería a cruzar. En la parte de atrás del escenario una jovencita rubia de escasos dieciocho años y vestida con ropa de calle estaba siendo fustigada por un viejo de apariencia siniestra —cosa que me sorprendió en ese club donde la gente era generalmente joven y bella. Pero la atención de la mayoría estaba centrada en la Condesa quien seguía colgada al frente del escenario, a menos de un metro de los espectadores. Su cuerpo brillaba como una vela en la penumbra y se retorcía de placer mientras los chicos lo sometían a sus caprichos. Después de unos cuantos latigazos, el que estaba atrás de ella se puso unos guantes negros y suaves como de piel de conejo y la acarició tierna y cuidadosamente donde segundos antes la había golpeado. Luego volvió a latigarla. Aproveché la invisibilidad que me daban sus ojos vendados para beberme mi cerveza exactamente frente a ella y contemplar fríamente su cuerpo, su sonrisa. Me di cuenta de que nunca fue mía: en ese momento era de todos. La miré con cierto orgullo. Ella, la más puta, la más felina, la más bella, estaba allí, expuesta por su propio gusto a las miradas de quien quisiera pagar quince dólares para entrar al Trocadero. Los ojos de todos los presentes se detenían libremente en sus pezones, en sus nalgas, en el cuerpo que me pertenecía cuando estaba a mi lado. Sentí orgullo, sí, pero también sentí algo más que reconocí como un vago asco, una ligera náusea.

Cuando intuí que el espectáculo iba a terminar, abandoné el círculo de *voyeurs* para bajar de nuevo al piso principal.

Encendí un cigarrillo y me descubrí aturdido. No estaba enojado. Tampoco sentí celos porque no tenía por qué sentirlos. En el escenario del piso de abajo una suerte de ópera bufa daba comienzo. Era un show de travestis.

Me acerqué a la barra y pedí otra cerveza que ya no toqué. Decidí irme antes de que ella pudiese descubrir mi presencia en el Trocadero.

La noche afuera de esa casa del placer torcido era simplemente una de las más bellas que jamás hubiese visto en San Francisco.

47

(Esto lo cuenta Baudrillard:

Un soldado camina por la plaza y de pronto se encuentra a la Muerte. Cuando la ve, cree advertir un gesto amenazador en su mirada, un movimiento en dirección hacia él que lo asusta. Corriendo, escapa hacia el palacio del rey y le suplica que le dé su mejor caballo para huir al anochecer a Samarcanda, lejos del alcance de la Muerte. El rey le da el mejor de sus caballos y el soldado parte de inmediato; acto seguido el rey manda llamar a la Muerte a su palacio. Cuando esta llega ante él, el monarca le reprocha amargamente el haber asustado de esa manera a uno de sus mejores soldados, a lo que la Muerte responde con un gesto apologético: «no tenía ninguna intención de asustarlo, simplemente me sorprendió encontrarlo aquí puesto que tenemos una cita mañana en Samarcanda...»).

Buenos Aires es la ciudad que traiciona a los porteños pero no decepciona a ningún forastero.

Sabine me fue a buscar al aeropuerto y el reencuentro fue tan dulce como la misma idea de descubrir que el Sur también existe. Me llevó en su Fiat hasta su apartamento de Belgrano y una vez allí, su urgencia de hablarme, de contarme hasta el más mínimo detalle de su vuelta a su ciudad y el reencuentro con sus calles y la gente porteña, era más fuerte que la urgencia de su cuerpo, cosa que agradecí.

Yo estaba agotado por el viaje. De San Francisco a Miami, de Miami a São Paulo y de Brasil a su ciudad. Hablamos, o más bien Sabine habló por horas mientras yo me asomaba por las ventanas de su departamento para ver pasar a la gente yendo o volviendo del trabajo o de alguna parte. Frente al edificio donde ella vivía había adultos paseando a sus niños o a sus perros, viejos sentados en los bancos, palomas comiendo migajas de pan. Ocasionalmente yo la interrumpía para preguntarle alguna cosa, pero Sabine era una niña ansiosa que se desbordaba como sólo los niños saben hacerlo. También era una hermana tierna y leal. Se sentía responsable de todo: de mí, de mi dieta, de los perros atropellados, de las madres de la Plaza de Mayo, de todo lo que estaba mal en el mundo. Al caer la noche nos acostamos, besé sus ojos y me quedé dormido.

Al día siguiente salimos a las calles, comencé a conocer a sus amigos e intenté borrar de mí cualquier rastro de la Condesa que aún pudiese permanecer en mis dedos y en mi angustia.

## 49

Apenas tus ojos empiezan a recorrer las calles del centro de la ciudad te das cuenta de que Buenos Aires no tiene nada que ver con el resto de América Latina.

Un ambiente de opulencia sospechosa. Teléfonos celulares en manos de hombres y mujeres elegantes, edificios lujosos, autos europeos y una atmósfera que en general te trae a la memoria otras partes del mundo. Más París o Madrid que América del Sur. No el México mestizo de Paseo de la Reforma, desigual, de indígenas chamulas que venden artesanías a los turistas alemanes o gringos en la Zona Rosa, pero tampoco el México distante e injustificable de Bosques de las Lomas. La arquitectura de Buenos Aires es espectacular y decadente, como la europea, pero el paisaje humano está lejos, muy lejos de parecerse al de la América indígena.

Por alguna razón absurda, esta europeidad es considerada por extranjeros y nacionales como algo positivo, deseable. Esto no me sorprendió: la Argentina es una nación de inmigrantes de origen europeo, más parecida en su configuración étnica a los Estados Unidos o Canadá, que a Bolivia o al Perú. Sarmiento, que aprendió bien la lección en los años que pasó en los Estados Unidos, quería este tipo de inmigrantes. Su fórmula, la misma de los americanos: eliminar a los indios y promover la inmigración de europeos.

La europeidad de Buenos Aires, que se vanagloria de ser el París de América Latina, es producto del deseo de verse reflejado en un espejo distorsionado y distorsionante. Pero el Buenos Aires de Menem, consumista y servil hacia los intereses extranjeros, tiene más que ver con la vulgaridad frívola de Miami, que con la muy llevada y traída «sofisticación» parisina. El exceso menemista no es justificable en un país donde aquel verano la noticia en los diarios era que los jubilados se estaban suicidando por no tener dinero para comprar comida.

Pasear por Recoleta y por ciertas áreas de Palermo trae ciertamente a la memoria paisajes urbanos más propios de Italia o España pero los contrastes se hacen evidentes en muchas otras partes de la ciudad. Si uno cruza el «riachuelo» rumbo a Avellaneda, si uno toma el colectivo veintinueve asesino hacia La Boca, si uno abre los ojos para mirar más allá del frágil oropel, entonces sí es fácil darse cuenta de la naturaleza ficticia de esta sospechosa abundancia.

Los cafés más tradicionales de Buenos Aires y los viejos salones de té a donde Sabine me arrastró están prácticamente abandonados. Son cafés de viejos. Los lugares de moda tienen nombres en inglés y mucho que ver con un estilo más propio de Los Ángeles que de un país que está en la punta más austral del continente.

¿Qué inseguridad terrible yace en el fondo de esta superficie brillante y plastificada?

Con lentitud recorrimos la ciudad, con lentitud nos reencontramos. Yo con el alivio de haberme ausentado de la ciudad de mi angustia, ella con la ilusión de mostrarme una ciudad que verdaderamente amaba.

Yo no sabía por dónde empezar a recorrer esa ciudad que ya había recorrido en mis lecturas. Quería ir al banco del parque Lezama donde se sentaba Ernesto Sabato a mirar las veredas por donde saldrían sus personajes a buscarlo. Quería toparme en la calle con Borges y Bioy Casares y no interrumpir su diálogo fantasma. Quería escuchar fugándose de una ventana el lamento del bandoneón de Astor Piazzola mientras adentro una pareja descubría alguna verdad absoluta en sus miradas. Quería, en fin, una Argentina que no podría encontrar en tres semanas: un tango eléctrico golpeándome las venas, una sorpresa al doblar una esquina rosada.

Sabine me presumió con sus amigos. Yo era exótico: era más viejo que todos, hablaba raro, y las facciones de mi cara mestiza resaltaban entre la masa bonaerense. Además vivía en Estados Unidos y todos querían saber de California. Yo nunca disfruté hablar de California en el extranjero. Por una parte me molestaba esa adoración que en países lejanos como Brasil, y ahora en la Argentina mucha gente joven parecía tener por el país que en gran medida era responsable de que ellos y sus padres no tuviesen trabajos decentes. Por otra, en muchos lugares de América Latina, comenzando con México, la gente que preguntaba por la vida de los mexicanos en Estados Unidos parecía tener la impresión de que todos los latinoamericanos que vivíamos en el país del norte éramos una especie de esclavos que teníamos que bajarnos de las banquetas (como los indígenas de San Cristóbal de las Casas en Chiapas) para que los blancos pasaran. En un mundo lleno de estereotipos y lugares comunes, dominado por la falta de información que es producto paradójico del exceso de información, todo esto era comprensible, pero no por ello menos incómodo.

Sin embargo fui tolerante y complaciente. Sabine me paseaba y yo abría los ojos en busca de más cafés y librerías donde ir a tirar de la mejor manera posible mi dinero. También abría enormemente los ojos viendo a las paisanas de Sabine, que ese verano lucían sus muslos anoréxicos con minifaldas asesinas. A Sabine esto le divertía.

Una mañana bajé a comprar los diarios al kiosco de la esquina. *La Nación, Clarín, Página 12.* Era un domingo. En el suplemento cultural de *La Nación*, el ubicuo Fuentes, que lo mismo aparecía en el *New York Times* que en *Le Monde*, hablaba de Chiapas y los zapatistas; en *Página 12*, Galeano y Benedetti se repetían *ad infinitum*; en *Clarín*, la ex de Menem, Zulema, exigía con gesto indignado en la foto y demasiado maquillaje, que se reabriera la investigación sobre la muerte accidental de su hijo Carlitos, quien se mató en un helicóptero privado que el pueblo argentino pagó para que el niño jugara los fines de semana con sus amigos.

Pero no estaba listo para esto: en un cuadrito perdido en una hoja cualquiera de *Página 12*, un anuncio pagado reproducía la foto de un desaparecido. No un desaparecido de dos semanas, sino un desaparecido de la época de facto, muchos años atrás. El texto decía algo así como «no te olvidamos, exigimos justicia» y otras cosas que no recuerdo, no porque no las hubiese leído una y otra vez, sino porque el *shock* de esa realidad absurda me sacudió de una manera inesperada. Busqué otros anuncios semejantes y los encontré. Rostros jóvenes, sonrientes, bellos.

—¿Viste esto? —le pregunté a Sabine, que se preparaba un mate en la cocina.

—Sí, siempre salen —me respondió, pero no como si yo tuviese que saber algo tan común y cotidiano en la vida de su ciudad, sino como evitando una explicación.

Volví a la mesa donde estaba leyendo. Leí cada uno de los anuncios. Con una especie de morbo conmovido me imaginé la deprimente escena mensual donde una de las madres de la Plaza de Mayo iría cada mes a pagar el anuncio con su mísera pensión de jubilada.

Encendí un cigarrillo y vi a través de la ventana a una madre joven que jugaba con sus dos hijos en el parque. Y yo, ¿tendría hijos algún día? Pensé que como esa madre joven, las madres de los desaparecidos algún día llevaron a sus hijos a jugar al parque; posiblemente a ese mismo parque.

—¿En qué pensás? —Sabine salió de la cocina sorbiendo la infusión a través de una bombilla finamente labrada.

—En los hijos que no voy a tener por pura cobardía.

Días después olvidé esos rostros entre el alcohol de las parrandas y el ruido del centro de la ciudad y me fui con Sabine en su auto hacia el sur del Sur, la distante, mítica, imposiblemente aislada Patagonia.

## 50

¿Y acaso una fotografía no es un tatuaje?

Tatuadas para siempre en la piel invisible de la retina hay sonrisas que ahora lastiman. Tatuada en la más frágil piel de la memoria hay una voz, algo que alguien dijo, nada importante, simplemente algo.

Fotos de infancia. Tu madre otra vez joven, tu padre y su mano sobre tu hombro. No los conociste o los conociste poco. Se los llevaron.

Música de signos idos, de cabellos que nunca se volvieron blancos. Las fotografías de los muertos son tatuajes que los ojos y el tiempo dejan en la alegría o en el arrepentimiento.

¿Qué es lo que no dije?

Y a ti. A vos. ¿Qué no te dije?

Estoy en una cama de hospital viendo, revisando mi vida como si fuese un álbum viejo de fotografías. El mismo logos que me dio la dicha efímera de la carne múltiple y ajena me golpea ahora con la realidad de un cuerpo inepto. Mi logos, mi razón de ser, fue el deseo. Ahora mi único deseo es que mis recuerdos sean como esos tatuajes de luz que besé con labios respetuosos y secos. Signos fértiles.

El hospital huele a muerte. Huele a heridas en la carne, huele a tiempo y estrago.

Pero no hay herida de la carne que sea tan grave y puerca como esta pudrición del alma.

## 51

La Patagonia es un océano de arbustos y pastizales secos. Es una extensión de tierra que se antoja interminable y que hay que cruzar para poder llegar hasta el fin del mundo.

Manejamos durante quince horas a un promedio ridículo de ciento sesenta kilómetros por hora en el auto de Sabine que se deslizaba como por veredas de terciopelo.

En un cierto punto en el camino una señal: Aquí comienza la Patagonia. Inmediatamente después otra señal dice: Las Malvinas son Argentinas (la señal se volvió cómica: al regreso a Buenos Aires vimos una película en donde la misma señal decía: las Malvinas son de los pingüinos). Yo hubiese querido detenerme, pero reaccioné demasiado tarde para la foto, hecho que no me molestó mucho porque siempre pensé que las imágenes más importantes en un viaje son las que se quedan grabadas en la memoria del viajero: las fotografías mentales.

Manejamos horas y horas y no encontramos absolutamente nada en el camino, excepto camiones de carga rumbo a o provenientes del sur. Junto a la carretera ninguna muestra de vida, salvo los arbustos estoicos de la llanura sin fin. Curiosamente, no advertí la presencia de pájaros, aunque después, ya en Comodoro Rivadavia, nuestro destino más austral y donde Sabine tenía familia, compré una cinta en la que se registra el canto de más de sesenta aves patagónicas, hecho que me hizo tirar por la borda mi teoría de que en esta remota área del continente los pájaros no se aventuraban.

Como en cada lugar mágico y exótico del mundo, hay toda una mitología en torno a la Patagonia. En la biblioteca personal de un tío de Sabine, pude encontrar un libro que refería la llegada de los primeros colonizadores de origen europeo a aquellas tierras remotas. En algunas de esas crónicas, los europeos describieron gigantes de casi tres metros de altura, quizá los ancestros de los antiguos indios patagones.

Por supuesto, la distancia entre realidad y fantasía es discutible en relaciones como estas. Lo cierto es que la lejanía y la desolación de aquella región del continente invita a la especulación. Manejar a través de la Patagonia es una experiencia misteriosa. La Patagonia es un océano de cenizas.

Llegamos a Comodoro Rivadavia, llamada así en honor al marino que buscando agua encontró petróleo en las planicies áridas de la costa atlántica. Nos instalamos en la casa de una tía de Sabine, que a pesar de no parecer muy convencida de que durmiésemos juntos sin estar casados nos dio una habitación para los dos. Comodoro es la ciudad más importante de la Patagonia argentina y es famosa por la situación estratégica que tuvo durante la guerra de las Islas Falkland (para los británicos) o Malvinas (para los argentinos) a principios de la década pasada. Muchos recuerdan todavía con amargura la noche en que Galtieri, el general usurpador y asesino que presidía la junta militar que controlaba el país, salió borracho en la televisión para anunciar con voz pastosa que la Argentina le declaraba la guerra a una de las potencias militares y económicas más grandes del mundo, la Gran Bretaña, enviando a una muerte estúpida e innecesaria a cientos de jóvenes argentinos. En los helados mares del Sur, aquellos que no murieron de hambre y frío fueron masacrados por un ejercito inglés que finalmente acabó compadeciéndose de ellos y les dio la comida y el abrigo que su propio gobierno les negó, porque hasta para hacer una guerra los militares argentinos fueron ineptos y corruptos.

Esta memoria amarga aún subsiste en Comodoro Rivadavia, donde la gente, que a pesar de que procura no hablar demasiado de esos tiempos, ha sufrido la construcción de espantosos monumentos en honor al glorioso ejército argentino que adornan la avenida costanera de la ciudad. Nada más idiota que un monumento al soldado desconocido: todo soldado muerto tuvo madre, amigo y novia a sus dieciocho años interrumpidos. Todo soldado fue amado y conocido.

Fue precisamente cuando paseábamos junto al mar viendo las estatuas que le pregunté a Sabine por los años aquellos de la guerra sucia. Ya lo había intentado en Buenos Aires, pero algo interrumpió nuestra conversación. Según mis cuentas, Sabine era apenas una niña cuando el gobierno militar hizo mierda al país y mató miles de jóvenes con el pretexto de que estos realizaban actividades tan subversivas como tener dignidad. Le pregunté qué había hecho su familia en esos años, pero Sabine me respondió con un silencio que me desconcertó.

—¿Por qué no me respondes?

Me miró a los ojos y enrojeció.

—¿Por qué mierda todo mundo me tiene que preguntar sobre aquellos putos años? —me respondió con una violencia que no le conocía.

Se echó a andar y la seguí sin saber qué hacer o qué decirle; su enojo era injustificable a mis ojos. El viento helado soplaba y hacía volar nuestros cabellos. Estábamos casi en el final del mundo y el viento nos lo recordaba las veinticuatro horas del día.

—No tienes por qué ponerte así. Nada más te hice una pregunta.

—¿Y qué querés que te diga? Hay cosas de las que no hablo y basta —gritó, con una voz que ahogó una ola que reventaba en la playa cercana.

Tuve de pronto la certeza de que había algo podrido atrás de su reacción, y esa certeza me llenó de dudas y de sospechas amargas. Pospuse para un momento más propicio mis preguntas.

No nos quedamos mucho tiempo en Comodoro. No había mucho qué hacer y yo deseaba volver a Buenos Aires a recorrer las librerías. En una de ellas vi una primera edición de Borges y temía que alguien me la ganara. Después de tres días en la ciudad manejamos de vuelta tres horas rumbo al norte hacia la estancia que su familia poseía en Camarones. Sentí que entrábamos en un territorio que no podía tener cabida en este siglo. Aquella estancia era un pequeño país. Más de veinticinco mil ovejas australianas pastaban en una extensión de cincuenta mil hectáreas de tierra hosca y seca. Había caballos salvajes, ganado vacuno que nadie controlaba y una colección de animales exóticos habitando libremente la tierra: avestruces, maras, guanacos y chulengos. Una mansión estilo inglés que fue construida hacía más de un siglo dominaba el paisaje y la propiedad desde una colina. En los galpones de esquila los gauchos nómadas finalizaban sus tareas de la temporada y el administrador de la vieja hacienda, un viejo alemán afable que vigilaba atento que nada nos faltara, cada día nos mataba un corderillo para hacernos asados a la estaca. Únicamente faltaba que llegase Martín Fierro montado en su cuaco.

En la estancia, Sabine volvió a ser la de antes. Me imaginé, nada más por un instante, una vida allí, al lado de ella, lejos de todo. Una vida digna de un señor feudal anacrónico, dedicado a la lectura y al discreto encanto de una existencia apartada de las ciudades. Pero me pareció detestable el silencio pesado de aquel lugar lejano, aquella extensión de tierra que jamás recorrería. Deseché la idea de inmediato. Necesitaba la ciudad con sus ritmos secretos cada día; el artificio y el simulacro de sus escaparates, la ilusión de ese mundo de acero y vitrinas. Nunca entendería la vida del campo. Mi anormalidad contemporánea, mi ser innatural, vivía en perfecta armonía en su hábitat de ruidos provenientes de la calle, talleres mecánicos y capuchinos a la vuelta de la esquina. Una existencia así, solitaria y bucólica, terminaría arruinándome la vida. Acabaría volviéndome poeta, que es lo peor que le puede pasar a un hombre, de puro aburrimiento.

Por tres días Sabine se dedicó a asolearse tirada en una de las terrazas de la casa. Yo me dediqué a escribir cartas, y a hojear los libros de la biblioteca de la casa.

## 52

*Constancia:*

*jamás leerás esta carta que te escribo desde un lugar prohibido, pero no importa: escribirte siempre ha sido una manera no de acercarme a ti sino a la idea de lo que yo siento por ti.*

*hoy me desperté pensando solamente en tus ojos, o tus ojos de agua me despertaron con su demanda ausente y lejana. luego la mujer con quien no sabes que estoy en el más lejano y extraño de todos los lugares me pasó una mano por el pelo y me dio los buenos días, mientras su mano me tocaba sentí el peso de la traición y la mentira como nunca antes lo sentí.*

*huí de mí sólo para descubrir que no puedo huir de mí. como en aquel poema de Cavafis, la ciudad me ha seguido, mis ciudades me han seguido, perseguido, acorralado en un rincón del mundo, el más lejano, ahora me han traído un té y su aroma me ha devuelto la memoria de otra mujer que está hecha de aire, no sé dónde está porque sus ojos se van a donde se va el aire, tú sabes de ella, pero no sabes que me espera.*

*recuerdo exactamente cada palmo de tu cuerpo, cada palabra que mi mano enamorada de tu cuerpo escribió sobre él. cubrí tu cuerpo con tinta y palabras porque nunca pude imaginar otra manera más apropiada de ocupar la geografía carnal de otro ser humano, tu cuerpo, como nuestra ciudad, es un paisaje que aho-*

*ra echo de menos, aquí veo un paisaje opuesto ¿sabes? aquí todo*
*está al revés, incluso el cielo, nuestros cafés mexicanos, nuestras*
*plazas, nuestras camas de hotel, todo está lejano, la culpa me*
*aleja de ti.*

*no sabes que caí en un pozo, nunca te lo dije, no sabes que*
*entré en un laberinto y que tengo quemado todo el cuerpo. necesi-*
*taría tu cuerpo de agua para apaciguar este dolor que raya en lo*
*verdaderamente intolerable, ¿sabes qué es lo más odioso? que ese*
*fuego fue un espejo, en ese espejo negro hecho de carne y humo vi*
*un rostro que nunca había visto.*

*me vi en las aguas oscuras de ese pozo y no puedo negar lo*
*mucho que disfruté esa imagen de la podredumbre de la piel, ese*
*deseo de caer en lo profundo, de perderme en los pasillos atercio-*
*pelados del laberinto carnal donde al final de sus intrincados*
*pasillos aguarda el minotauro. encontré al minotauro y en sus*
*ojos reconocí los míos.*

*¿recuerdas la pesadilla? tal vez no. creo que en algún momen-*
*to te la quise contar y por alguna razón que no recuerdo ahora,*
*no lo hice, es una de esas pesadillas recurrentes que vuelve en*
*momentos de mi vida dominados por la angustia, es una pesa-*
*dilla que merezco, alguna vez alguien dijo: merece tus sueños, en*
*ella estoy solo, de pie, en medio de una gran llanura y tengo los*
*ojos fijos en algo que a lo lejos comienza a tomar forma, al prin-*
*cipio es un punto distante que poco a poco crece, es simplemente*
*un punto oscuro que va aumentando de tamaño, atrás del punto*
*una especie de humo se desprende, sin saber por qué, su movi-*
*miento me produce una inquietud que aumenta a medida que el*
*punto se va convirtiendo en una masa cuya forma comienzo a*
*reconocer, pasan segundos que son como años en ese imperio dis-*
*tinto del tiempo que es el sueño, y a la masa se une un sonido*
*rítmico que aumenta hasta volverse una trepidación, ahora la*
*masa tiene forma y color precisos: es un toro negro, yo no me*

*puedo mover, estoy hipnotizado por sus ojos bermejos y por el ritmo ensordecedor de su carrera desbocada rumbo a mí. viene en línea directa hacia donde estoy y la boca se me seca, la inquietud es ahora pánico, quiero correr pero mis piernas no obedecen mi instinto, lo que creí que era humo es en realidad la tolvanera que sus pezuñas levanta, el sonido ocupa todo, y su mirada, el toro llega, ya llega a donde yo espero en una espera eterna, apenas a unos metros de mí veo la baba violenta que le cuelga de los belfos y no entiendo el odio de sus ojos rojos, reconozco esos ojos, pero no tengo tiempo de recordar dónde los he visto, la bestia me embiste, siento el golpe brutal de sus cuernos que se entierran en mi pecho, y en ese momento, Constancia, siempre, siempre en ese momento me despierto gritando.*

*esta es mi pesadilla, tal vez debí habértela contado antes para que me pudieras entender, por eso te escribo: para hacerte entender, aunque ahora no pueda enviarte esta carta porque todo en mi vida se ha vuelto prohibido.*

## 53

Volvimos a Buenos Aires.

Yo tenía atorado en el pecho aquel desencuentro junto al mar. Caminando con ella nuevamente por Belgrano no pude evitar hacerle la pregunta de nuevo. En esos días vi muchas cosas que no podía entender. Sabía, por comentarios de Sabine, que su padre era dueño de algunas compañías en el sur. Vi con mis propios ojos la estancia gigantesca. Su familia tenía propiedades en cuatro o cinco provincias del país y poco a poco me enteraba de detalles que me hacían deducir que había más, tal vez muchas más cosas que yo no sabía.

Tomándola de los hombros en una esquina le volví a susurrar la pregunta.

—Perdóname, pero realmente me interesa saber qué hizo tu familia durante la época de los militares.

Sabine me miró fríamente.

—Si en verdad me querés, tenés que dejar de preguntar —respondió casi con odio.

Continuamos caminando, ahora en silencio.

Esa tarde, al volver a su departamento, Sabine se encerró de inmediato en su habitación y yo me puse a tomar vino mientras escuchaba a través de la puerta su llanto.

Intenté varias veces que me abriera la puerta pero no me hizo ningún caso. Seguí bebiendo. Una hora después, Sabine salió del cuarto con los ojos hinchados y el pelo sobre la cara.

—Vení —dijo, indicando la entrada a la cocina.

La seguí.

Puso a calentar agua para un mate.

—Hay cosas que ni siquiera yo me he atrevido a preguntar —me dijo con la voz quebrada por esa hora de llanto—. ¿Vos sabés qué te dicen acá cuando cuestionás a los putos milicos? ¿Cuando vos acusás a los torturadores?: «Por algo se los habrán llevado». Eso te dicen los hijos de puta. ¿Vos sabés lo que me dicen a mí cuando pregunto? «De eso no se habla, nena...». ¿Vos qué te pensás? ¿Que yo no me pregunto cosas, que no quiero saber, que no me importa? ¿Vos creés que no quiero saber qué mierda hizo mi viejo en esos años? ¿O qué hicieron mis tíos, mis vecinos, los padres de mis mejores amigas? Vos no sabés qué mierda se siente preguntar...

Se detuvo como si se hubiese dado cuenta de que estaba diciendo demasiado.

Hice un intento de abrazarla pero me rechazó.

—Mirá —me dijo, y me mostró dos cicatrices pequeñas en las venas de ambos brazos que yo nunca noté—. ¿Por qué pensás que me premiaron con un viaje a California? Porque no me conseguí matar, boludo. Porque para algunas gentes es más fácil comprar silencio que responder con claridad a dos o tres preguntas.

Cebó su mate y le agregó un poco de miel.

La ventana de la cocina daba al parque. Allí algunas madres jugaban con sus hijos y Sabine las miraba atentamente mientras le daba sorbitos lentos a su mate.

—Mi padre nunca fue milico —continuó—, pero en un país como este... —Se detuvo nuevamente.

—¿Y qué es lo que quieres saber? —Arriesgué la pregunta.

—Quién soy. Eso es todo. De dónde vengo. —Se derrumbó en mis brazos con un llanto limpio.

Las madres y sus hijos continuaron jugando en el parque.

Desde su silencio, mis propios hijos nonatos me hicieron la pregunta que nunca hasta entonces tuvo respuesta.

—Qué puta es la vida, carajo. —Saqué mi pañuelo y le limpié la nariz.

## 54

Si uno viaja con la mirada de la intuición, penetra con un ojo cerrado y otro abierto el territorio de la libre interpretación. No hay verdades absolutas, menos en el viaje. El viaje se realiza en líneas que nunca son rectas. El territorio del viaje cabe en un espacio y en un tiempo personales que no tienen nada que ver con el espacio y el tiempo de quienes habitan los lugares que uno visita. En este otro territorio todo es válido, cualquier teoría cuenta.

Las experiencias vividas en esas tres semanas fueron ambiguas.

Levantarse una mañana a leer el diario y descubrir que las abuelas, las madres, y ahora los hijos de los desaparecidos siguen buscando, siguen haciendo preguntas. Caminar por las calles de Palermo o Barrio Norte y descubrir estremecido y como tocado por un relámpago que estaba viviendo junto a Sabine una escena de una película llamada *Sur*. Llegar hasta La Boca en un vehículo suicida y descubrir los cuadros de Quinquela Martín en una escuela pobre pero orgullosa. Ver en esos cuadros las escenas de *El astillero* de Onetti y confirmar que ni él ni Borges mentían.

Las charlas en los cafés, los recorridos lentos por las librerías, el Sur lejano y prometido. Por unos días casi me pude olvidar del laberinto.

Tres semanas en Argentina fueron suficientes para que entre Sabine y yo algo irrompible comenzara a echar raíces. Me dijo que volvería a San Francisco para estar cerca de mí y en esto yo escuché otra cosa: escuché que quería estar lejos de sus dudas sobre su familia y su origen. Por otra parte, Sabine estaba convencida de que podría domesticarme, y gracias a esto yo comencé a jugar con la idea de que algún día tendría que dejar de perseguir tatuajes.

Pero tres semanas no fueron suficientes para hacerme olvidar los ojos de Constancia, a quien necesitaba más que nunca, ni a mi hermana de aire que nunca me exigía más que mi honestidad. Intenté olvidar a la Condesa. Pero las imágenes de lo que hacíamos en nuestra relación salvaje me asaltaban. Un par de veces tuve que hacer un gran esfuerzo para controlar mi deseo de morder a Sabine y enterrarle las uñas. Habría sido una transgresión, un atentado imperdonable; más imperdonable aún después de lo sucedido la noche en que me confesó su intento de suicidio.

Dejé Buenos Aires con un plan más o menos esbozado en la cabeza. No estaba totalmente convencido de que lo llevaría a cabo al pie de la letra, pero me prometí que al menos intentaría cumplirlo.

Hablaría con Marianne y le explicaría mi relación con Sabine. No podría decirle nada sobre Constancia y la Condesa, pero no sería necesario: ella entendería lo de Sabine simple y sencillamente porque lo entendía todo y eso sería suficiente. Pensando en Marianne creí entender que yo tuve miedo a entregarme a ella porque esa entrega me hubiese obligado a ser libre y yo tenía la certeza de que nunca aprendería a serlo. Por eso no me fui con ella a recorrer el mundo. Pocas cosas me aterrorizaban tanto como la libertad. Pocas cosas son tan terribles como la libertad absoluta.

A la Condesa no la volvería a ver. Mi adicción era tal que con toda certeza me hundiría nuevamente en ese pozo negrísimo, agridulce.

A Constancia no sabía qué explicación darle. Ella sabía de Marianne y de Sabine. Todo fue tan imprevisto entre nosotros que nuestro futuro era demasiado incierto. Ella en México y yo en California. Demasiada distancia entre ambos puntos, entre ambos cuerpos. Para acostumbrarme a la idea de perderla tendría que convencerme de que el pasado es irrecuperable. Solamente así podría adormecer la ilusión que ella me dio: aquella de que el retorno es posible. Renunciar a ella equivaldría a renunciar a mi memoria, pero me consolé diciéndome que todas las inmolaciones son siempre, de alguna manera, justificables.

Y todo esto a cambio de una idea. Buenos Aires era más que una posibilidad tentadora en mi futuro. Sabine me propuso que después de hacer una maestría en Estados Unidos (y ese era el pretexto con el que justificaría su regreso a San Francisco, pretexto que sus padres no creerían del todo puesto que me conocieron brevemente) los dos nos fuéramos a Buenos Aires a vivir juntos. La idea no me disgustó. Yo podría buscar una plaza en alguna universidad porteña, escribir mis artículos para revistas académicas y vivir esa vida que apenas probé en esas tres semanas. Tal vez hasta algún día llegaríamos a tener hijos que hablarían una mezcla extraña de argentino y mexicano. Hijos, carajo. Tres o cuatro, según ella. Uno ya sería demasiado, según yo.

Tomé el avión de vuelta resuelto a echar a andar mi plan para que cuando volviera Sabine a San Francisco mi vida fuese otra.

Pero escribí esos planes sobre una superficie de aire, de agua, de fuego.

## 57

Según un escritor chileno, Miami es la capital cultural de América Latina. Cuando lo escuché decir esto en un congreso de escritores, mi orgullo latinoamericanista se rebeló violentamente en contra de tan tremenda declaración, carajo. Pero ahora en Miami (donde tuve que quedarme a pasar una noche porque el avión se retrasó cuatro horas en Brasil y perdí la conexión con San Francisco), paseando nuevamente por el viejo centro y por la playa, entendí el porqué de la observación del escritor chileno. Vi síntomas de esta miamización de América Latina en México, y venía de sufrirlos en Buenos Aires. Por todos lados inmigrantes y turistas de América Latina y del Caribe. Español hablado en todos los acentos y variantes imaginables. Algo en el aire, indefinible para mí, pero real. Había estado en Miami en tránsito a Brasil años atrás y una vez más no me gustó. En el auto que renté recorrí como hacía algunos años esas calles, esa avenida costera, ese artificio color pastel hecho de edificios art déco, ancianos joviales, ropa del difunto Versace (el diseñador favorito de las putas millonarias menemistas) y cuerpos bronceados sin cabeza. Tal vez el chileno tenía razón: de alguna manera esta es la capital espiritual de la nueva América Latina, *meaning*: el futuro de América Latina será (aunque ya es realidad en algunas partes) una versión pobre y distorsionada de esta Babel frívola, imperio del mal gusto, entrada engañosa a la Roma del siglo veinte. Después de Miami volver a San Francisco siempre es un alivio.

## 58

San Francisco se pone un velo de niebla todas las mañanas. Viene del océano la niebla densa y fría. Entra cautelosa, pero decididamente por el Golden Gate, para avanzar como un gato o una mano amante por el cuerpo matutino de la bahía hasta llegar a los muelles, las colinas, las casas victorianas, las torres del distrito financiero. Es una caricia espesa que al sol le toma horas destruir. La niebla crea la sensación de estar viviendo en una nube que es, sin embargo, contradictoria, pues la imagen de San Francisco es la de una ciudad más propia de seres de la noche que de ángeles caminando sobre nubes. ¿Cómo pueden compartir ángeles y vampiros las mismas calles? San Francisco, destruida a principios de siglo por terremoto y fuego, y vuelta a levantar de sus cenizas, es una madre ciega y generosa que ama a todas sus criaturas.

No hay ciudad más femenina que esta, sentada en la ventana de la niebla en «el lado izquierdo del mundo» —como llama a esta costa bárbara el poeta más grande de esta casi isla fracturada: Lawrence Ferlinghetti. Algún día se la tragará la tierra. Algún día ángeles y seres de la noche seremos devorados junto con ella por las fallas geológicas que viven bajo ella y la desean.

Por eso este eterno clima de suspenso. Esta dulce espera.

## 59

Si quieres que Dios se ría, cuéntale tus planes.

Cuando llamé a Marianne me sorprendió no encontrarla en su casa a las doce de la noche. Dejé un mensaje en su contestadora y me metí a la cama. Al día siguiente me llamó.

—¿Quieres salir a tomar un trago? A las siete en Bruno's.

Nos dimos un abrazo largo. Estábamos verdaderamente felices de reencontrarnos. Me contó cómo le estaba yendo con sus fotos. Estaba trabajando en una serie documental sobre el Barrio Chino de San Francisco y quería mostrarme en algún momento algunas de las fotos de la serie. Yo por mi parte no evadí el tema de Buenos Aires, pero fui escueto. La noté preocupada.

—Hay algo que no me estás diciendo, corazón —le dije.

—Creo que hay cosas que los dos no nos estamos diciendo. —Me miró a los ojos y me tomó la mano entre sus suyas.

Respiré hondamente y encendí un cigarrillo. Le dije que cualquier cosa que tuviésemos que hablar tarde o temprano la hablaríamos.

—¿Por qué no hacerlo de una vez? —le pregunté con un nudo creciéndome en la garganta.

—Conocí a un hombre maravilloso —me dijo esto de golpe.

No estaba listo para eso. Momentos antes especulé que algo en mi actitud me había delatado y que tendría que pasarme la media hora siguiente justificando la existencia de Sabine. La mesera se acercó y pedí otra ronda de martinis. Los ojos de Marianne estaban más azules que nunca.

—¿Me quieres contar? —volví a preguntar, respirando hondamente.

—No hay mucho que contar. Lo he estado viendo con cierta frecuencia en los últimos días y comencé a darme cuenta de que está muy enamorado de mí. Me da su tiempo y su atención y eso me halaga muchísimo, ¿sabes? En los últimos dos meses desde mi llegada apenas si te he visto. Cuando yo estoy aquí tú estás viajando y viceversa. Y ahora que no he salido en las últimas dos semanas me viene a suceder esto. Estoy confundida porque te quiero, aunque este cariño que siento por ti no es reciprocado más que con la noción de que tú también me quieres. Me temo que no es suficiente.

—¿Se están acostando? —La voz se me quería cortar.

—Ese no es el punto. Pero si quieres saberlo, la respuesta es no. Nos hemos besado y no ha pasado de eso, pero él sabe de ti, respeta mi decisión de esperar hasta que tú y yo definamos qué queremos hacer con lo nuestro y ha sido igualmente respetuoso conmigo. No me presiona ¿sabes?, y eso es algo que la mayoría de la mujeres agradecemos de todo corazón.

—Disculpa, pero tenía que hacerte esa pregunta jodida antes de que me quemara por dentro. No ahora, pero en algún momento yo también tengo cosas que quiero sacarme del pecho. Por ahora no puedo.

—¿Otra mujer? —Ahora era ella quien encendía un cigarrillo.

—Sí, pero si me das la oportunidad de explicártelo en otro momento te lo agradecería.

—Está bien. Cuando estés listo.

—Y si no te molesta, por el momento es suficiente de este asunto. No estoy enojado ni podría estarlo, Marianne. Pero no es un buen momento.

—No creo que haya «buenos momentos» para cosas así, pero no te voy a obligar a que lo discutamos. —Su voz se volvió seca.

Me di cuenta de que mi confirmación de que había otra mujer la molestó. Pedí la cuenta y nos levantamos sin haber tocado los tragos que la mesera acababa de traer.

En el camino a su casa, a donde me pidió que la llevara, comencé a llorar casi sin darme cuenta. Detuve el auto y Marianne me abrazó amorosamente. Perdóname, me dijo. No, le respondí sollozando, perdóname tú a mí. Y rompí a llorar como no lo había hecho en más de veinte años. Y el llanto no alcanzó a limpiarme tanta puta mugre adulta, tanta culpa, tanta amargura.

—*My god… what a bloody mess…* —Marianne dijo en voz alta para sí misma.

## 60

Este es mi flaco imperio: mi memoria luminosa de cuatro mujeres, tres gatos y un cuerpo inservible.

Cuatro ciudades eróticas que juntas forman la capital de mi universo confundido: universo de ruina física, harem perdido y hospital.

Una es la ciudad cósmica, aérea, sin fronteras. Ciudad donde pude ser libre y no tuve el valor de serlo, de ir a ella, con ella a todas partes. Ciudad del amor fraterno donde Narciso no veía a su hermana muerta sino que aprendería a ver en ella su rostro verdadero, ya no el engaño de su propia imagen. Ciudad sin simulacro, sin espejo distorsionante, sin laberinto y sin pozo. Fotografía del tiempo capturado por sonrisas y pasos sin destino fijo. De calles que desembocan en todas las puertas, plazas y parques. De bosques donde no se caza, donde no se buscan presas. Cosmópolis de los sentidos abiertos. Ciudad abierta para todos los miembros de la tribu, Marianne; para mí también que tuve miedo y ahora evoco el minuto aquel de indecisión con algo que ni siquiera llega a ser tristeza. Ciudad cósmica del este grabada con pantera. Ciudad del aire.

Ciudad del agua fundada sobre el agua. Ciudad origen de la vida y centro en extinción del universo. Metrópolis ombligo, cintura, genital. Ciudad madre hecha de líquida sustancia donde se vuelve a recuperar un alfabeto de signos comprensibles, descifrables. Todas tus calles conducen al océano, ciudad acuática. Todas tus plazas, la plaza de tu vientre, la plaza de tus piernas y el zócalo sagrado de tu sexo conducen por ríos secretos al lago original, al caldo de cultivo del génesis. Vaso de verdades transparentes. Agua hecha de lenguaje familiar, de gemido que es cascada, de beso que es golpe de ola, de caricia que es arroyo de risa cristalina. Mirada de agua gris, mujer primaria, de agua, presencia transparente cuyo recuerdo refresca y acaricia. Constancia: ciudad mujer hecha de agua, tatuada con el agua de mi boca y la tinta de mis palabras perdidas.

Fuego negro, ciudad occidental del Apocalipsis. En tus callejones intrincados, en tus laberintos húmedos, en el pozo de tu sexo, en el pozo de tu ano grosero e insaciable hay una red de caminos placenteros que conducen al centro del infierno. Sombra del fuego. Finisecular. Decadente. Hija de la podredumbre de oxidente, de la herrumbre y del orín de oxidente. No tienes nombre, o tu nombre es peste de la carne chamuscada, flagelo del apetito desmedido, felino desquiciado, tigre del bosque de la muerte, horno donde se cuece la serenidad, hornilla de los dedos, hoguera del instinto. Ciudad nórdica, gótica, vampira. Ni el agua que te ciñe la cintura puede con la fogata oscura donde arde la intimidad del terciopelo violento de tu piel, la seda de tus malas intenciones, la premeditada uña de tu desapego, la marca enigmática de tu laberinto, el aullido de tu gato en celo eterno. Danza el fuego su baile sensual de máscaras y simulacro, su ritual de artificio. Y en el centro de tu engaño habita la vergüenza de necesitarte y no estar arrepentido y querer más. Tal es la naturaleza de ese fuego. Ciudadano reticente de la ciudad del fuego, el suelo se abrió bajo tus pies y caíste en el pozo del vientre ardiente de la bestia.

Sur. Ciudad del Sur. *Vuelvo al Sur como se vuelve siempre al amor.* Tierra del futuro incierto. Cierra el círculo de la inquietud y al cerrarlo lo destruye con su mano sobre la frente. En tu vientre intocado aguarda la semilla de las posibilidades. En la ruina y en la alegría sobre tu suelo firme se posa la esperanza del ave Fénix que intenta escapar del laberinto. De tu tobillo brota una rama delicada y mi mirada lo rodea y mi mano la toca como un dedo mío toca tu boca. Raíz de las respuestas, extiendes en mi noche tus tallos subterráneos, hundes en el suelo oscuro de mi miedo esa raíz de luz que ciega a los gusanos que me ocupan y le devuelves solidez a mi columna vertebral, a mi presente de decadencia merecida. Profunda y necesaria, generosa como un surco, sonora y fértil como tu voz que tiene un eco de distancia, pero me llama, y me alcanza, y me quiere rescatar.

## 61

Tal y como me lo propuse intenté volver de lleno a mi vida, pero a medida que se acercaba el primer fin de semana desde mi regreso comencé a experimentar cuatro tipos distintos de ansiedad.

El primero tenía que ver con la ausencia imprevista de Marianne, la inesperada línea divisoria impuesta por los acontecimientos producto de mi negligencia. No podía culparla; ella me quería, pero yo traficaba con una oscuridad desconocida para ella.

La segunda ansiedad era el resultado de mi nostalgia de Sabine. Viví Buenos Aires de una manera tan intensa que no entendía por qué no mandé todo a la mierda para refugiarme para siempre de mí mismo en un país nuevo, en una vida nueva. Cavafis sonreía, escéptico.

La tercera estaba enraizada en México. Constancia y yo fantaseamos con mi retorno a México, pero ahora ese retorno era improbable, puesto que Sabine vendría en poco tiempo para instalarse conmigo en San Francisco. Además, cuando Constancia quiso venir, yo boicoteé sin proponérmelo ese deseo con mi decisión de largarme intempestivamente a la Argentina huyendo del laberinto de fuego de la Condesa.

Y ella, la Condesa, era la causa de la cuarta ansiedad. Se acercaba el fin de semana y yo sabía que bajo la luz cremosa de la luna llena del sábado ella estaría en el Trocadero con sus pezones maquillados con mi deseo. Ya no tenía dudas de que la Condesa era una bruja, porque empecé a sentir cómo su llamado de carne se me clavaba en el estómago como una orden.

Y como si cuatro no fuesen suficientes, una quinta ansiedad se sumó a las primeras. La noche anterior poco antes de dormirme, mientras le escribía una carta a Constancia dándole cuenta de mis sentimientos ambivalentes hacia el futuro de nuestra relación, una punzada terriblemente dolorosa en la cabeza me hizo rodar por el suelo. Por unos segundos temí lo peor. Nunca me había pasado nada semejante. El dolor era indescriptible, venía desde lo más profundo del cráneo y como desde afuera de mí mismo me vi tirado en el suelo tomándome la cabeza con ambas manos, con la frente y el cuello cubiertos por un sudor helado y sufriendo escalofríos en todo el cuerpo.

Cuando el dolor comenzó a ceder, una escena absurda me vino de pronto a la imaginación. La Condesa, desnuda en su cama, le clavaba una aguja en la cabeza a un muñeco de cera negra. Sonreía.

Me tomó un par de minutos recuperarme. Mis gatos se acercaron lentamente, temerosos y preocupados. En mis ojos cerrados vi el tatuaje de Marianne, los ojos penetrantes de la pantera rojinegra en su espalda; vi el laberinto en la nalga derecha de la Condesa y su gato caprichoso mirándome altaneramente con una sonrisa sardónica desde una ala castigada; la rama dorada en el tobillo dorado de Sabine; el tatuaje de mis palabras efímeras disuelto en el agua del cuerpo de Constancia. Vi una aguja imposible en un muñeco de cera. Tuve miedo. Vi a Narciso muerto a un lado del estanque con la cabeza atravesada por una flecha. Legión me lamía la mano y maullaba consternado. Cordelia me miraba desde una distancia tímida. Fuensanta estaba sentada en mi pecho y se lamía la piel como una diosa egipcia, cruel e indiferente.

## 62

Laberinto —*into what?*

En el centro del laberinto un hombre cava un pozo, cae en él y no puede salir. Y aunque pudiese, ¿qué harían sus ojos y sus manos acostumbradas a tanta oscuridad?

En el centro del laberinto un hombre tatuado se examina las inscripciones del cuerpo. En el pecho una cicatriz en forma de interrogación. Un accidente estúpido, recuerda. No. Nunca hubo un accidente. No podría recordar un accidente. Por años ha tratado de convencerse de que fue un accidente para no recordar aquella tarde en la plaza de toros La Florecita. Era un villamelón, un advenedizo, un muchachito pendejo y nada más. No hay gloria más grande que la de un torero, se dijo siempre. Pero aquella tarde de su mal había bebido demasiado. Sus amigos no pudieron detenerlo antes de que brincara al ruedo. Buscando una gloria inmerecida tomó un capote que estaba apoyado sobre uno de los burladeros y se apresuró al segundo tercio de la plaza. El público abucheó su farsa y el rechazo colectivo lo enardeció. De frente al toro, la mirada del animal lo penetró y le derritió los huesos. Lo llamó con un grito ebrio y ya no supo más. Se despertó en el hospital y vomitó. Se dio asco. Pero tuvo suerte. No hay gloria más grande que la de un torero, pero nunca hubo ridículo mayor que el suyo. Tuvo suerte, porque el cuerno del toro no penetró ningún órgano vital. Dos costillas rotas y una rasgadura espantosa en la piel del pecho que le dejó esa cicatriz curiosa en forma de signo de interrogación. El toro de Pasifae fue más productivo. Por eso el laberinto. Por eso la persecución de los signos. Por eso el artificio y el engaño. Se convirtió en su propio minotauro. Fue él mismo quien engendró en sus entrañas su monstruosa identidad y fue él mismo quien decidió su encierro en ese enigma sin respuesta. No hay angustia mayor que la del bastardo monstruoso que recorre su imperio aullando su deseo y su apetito. Toro padre de la duda y de la muerte. No podía ser Narciso porque Narciso era bello. Él era el producto de esa cicatriz indeseada y por eso buscaba las cicatrices voluntarias, las cicatrices escogidas. Una pantera cuya esencia hechizaba, un gato voluptuoso e hipócrita; una rama en un tobillo austral, un cuerpo tatuado con saliva y tinta. Tatuajes de aire y agua. Tatuajes de tierra y fuego. La seducción, lectura de tatuajes. La seducción, una caza nueva. Caza Nova. El laberinto, casa de la caza. El pozo, presente oscuro, inmóvil, cierto. En aquel hospital mexicano decidió que sería mejor marcharse al extranjero que tolerar las consecuencias del ridículo. Llevarse al extranjero su cicatriz y su vergüenza. Mejor hundirse en el laberinto distante del exilio. Cualquier pretexto bastaba.

## 63

Tuve el presentimiento de la ruina, señal que no podía desoír. ¿Cuántas veces decidí no escuchar las señales? Ahora una de ellas estaba aquí con un mensaje de dolor intenso, perforándome el cerebro.

No quise ir al doctor. No hay receta contra el laberinto. No hay dieta para controlar esta clase de apetito.

El dolor no volvió en dos semanas. Decidí entonces dejar el escritorio donde mi trabajo sobre García Ponce apenas si se benefició de esa pausa donde no bebí, no busqué a nadie y no salí más que para atender asuntos menores, cotidianos.

Me fui a caminar una tarde al Golden Gate Park. Era invierno todavía y la niebla de la tarde ya entraba a manosear las copas de los árboles. Vi un padre con su hijo jugando a la pelota con sus guantes de beisbol. Yo podría tener un hijo de esa edad, me dije. A mis treinta y cinco años podría tener un hijo adolescente. La idea me deprimió. Un perro se me acercó meneando el rabo, lo alejé con una orden de rechazo. Su dueña me miró casi con odio, sin entender que alguien no quisiera entablar conversación con su pinche perro. Un indigente me pidió dinero y me pregunté mientras le daba una moneda si ese hombre alguna vez habría vivido un laberinto parecido al mío. Una pareja de enamorados pasó en sentido contrario; ella me miró y adiviné en su mirada un escalofrío. Si me hubiese podido ver a mí mismo habría entendido el por qué de esa reacción. Gabardina inglesa gris oscuro. Lentes negros. El cabello largo suelto y una bufanda de lana para protegerme del viento helado de San Francisco. Camisa y pantalón negros. Mi rostro, desencajado por noches de mal sueño, estaba marcado por los signos internos que me torturaban. Me convertí en un vampiro.

Me senté en una banca a fumar y en ese instante deseé, como nunca antes, una vida en México como la de mi hermano: hijos, futbol los fines de semana, comidas domingueras con mis padres. O una vida en Buenos Aires con Sabine, con amigos y noches largas de conversación en cafés viejos. O ese viaje eterno al lado de Marianne con valijas ligeras y sin compromisos de hipotecas espirituales. O una casa en Oaxaca con Constancia y tardes lentas para leer y escribir libros. Deseé cada una de las cosas que ya no podía recuperar. Los tatuajes no son marcas en la piel, son marcas en la idea que uno tiene de sí mismo, me dije. Me di cuenta de que tenía tatuado el pecho con otras cicatrices indelebles.

Intenté encontrar respuestas en signos caprichosos, pero la naturaleza misma de los signos, su sentido final, se vuelve indescifrable a la mirada de los desesperados. Alguien tendría que llegar para ayudarme a descifrarlos.

¿Quién llegaría? ¿O había llegado ya y yo no supe darme cuenta?

Supe en ese momento que no podría evadir el signo con que yo mismo marqué mi vida. Supe también que era el dueño de un imperio hecho de niebla y carne, como esta ciudad recostada en la orilla del Pacífico. Era un extranjero más, sin lenguaje y con un mapa borroso, sin aire propio, sin tierra propia, sin agua en un desierto finisecular, y atormentado por el fuego de la duda, el fuego de las preguntas abiertas, el fuego de la escritura de signos sobre la piel.

Lo recuerdo bien desde mi cama de hospital porque sucedió hace apenas unos días: tiré el cigarrillo y me fui a buscar a la Condesa a su odioso laberinto.

Dos cuerpos que se tocan. ¿Qué saben los dedos? Rumor de beso en los alientos, nariz roza comisura, labio mentón. Uno de los dos cierra los ojos, el otro mira, quisiera descifrar, adivinar las imágenes que se proyectan en el cine privado de esos párpados nerviosos. Uno recuerda el mar, ese mismo mar que es el origen. Otro recuerda nada, se entrega a ese intercambio de salivas, a ese degustar de lengua y dientes, a esa conciencia de las manos ascendiendo por la espalda, ascendiendo, descendiendo, descubriendo texturas increíblemente suaves. Uno es incredulidad y agradecimiento. El otro es placer puro, felino, egoísta.

Dos cuerpos que se tocan. Pezones erectos, humedad que brota de los labios vaginales como brota del frío de la mañana el rocío en los pétalos de las rosas rojas. Erección de la carne que busca su mejor refugio.

¿Qué sabe la carne?

¿Me extrañaste? No, no te extrañé, pero un par de veces necesité tu cuerpo, o cualquier cuerpo.

¿Qué es el miedo en ese instante, sino el reconocimiento abierto del fracaso? No hay posesión que sea absoluta. Descubrir esto es reconocer la futilidad de esa pasión que desea exclusividad, apropiamiento. No te pertenece ni siquiera tu cuerpo, cicatriz de todos tus deseos, de tu apetito. En tus ojos veo cómo se dilatan las pupilas. Veo tus labios entreabiertos. Mis manos exploran el interior de tus muslos, la finísima piel del interior de tus muslos. Pienso entonces que me gustaría hacerte el amor con suavidad, penetrarte lentamente e iniciar en tus adentros un movimiento delicado mientras tú me quieres. Pero no podría decepcionarte. El pacto es otro y ambos lo sabemos. El amor no puede existir entre nosotros. Yo tengo que usarte y tú tienes que corresponderme con placer, tu placer. No podrías esperar otra cosa de mí que no fuese ese negocio de los cuerpos, esa transacción honesta de fluidos y gemidos que producimos los dos cuando te hundo en el sexo la totalidad de mi verga en un embate que busca sorprenderte. Tus uñas entonces se entierran en mi espalda y tu voz de niña puta dice *fuck me hard baby, fuck me hard.* Y yo obedezco mientras me viene de pronto a la memoria el cuerpo de Constancia y ahogo el sentimiento de traición buscando con mis labios tus pezones. Huyo del amor porque huir es privilegio de cobardes y decido huir de ese otro cuerpo dedicándole mis labios a tu piel.

Tengo miedo de fallarte porque mi vanidad es mayor que mi deseo de no cogerte así. Es cierto que preferiría besar con pausada ternura cada palmo de tu cuerpo que he castigado de múltiples maneras durante tantas noches ebrias de este invierno. Pero despreciarías mi debilidad, mi falta de sofisticación intelectual. Por eso te muerdo los pechos con fuerza mientras tus uñas se entierran en mi cuello. Levanto tus piernas y pongo tus pantorrillas en mis hombros. Cogiéndome del colchón cubierto con sábanas de satín color borgoña inicio un movimiento que busca partirte a la mitad. Entro y salgo con una fuerza que tú opones empujando tus caderas hacia mí cada vez que avanzo. Siento el hueso de tu pelvis en la mía y siento mi frialdad. Pienso en el sexo como en una tragedia inevitable. Mi estado de ánimo es similar a aquellos que solamente son producidos por el más triste de los tangos y comienzo a morder tu pantorrilla derecha.

Extraño a Sabine, a Constancia y a Marianne, pero esto no lo sabes ni te importa. Tú gimes mientras yo me observo desde alguna región de mi decencia fragmentada. ¿Qué me matará?, ¿la culpa o el deseo? *Fuck me from behind, fuck me hard baby, bite me, hurt me, fuck me,* me pides, me ordenas, mientras llega a mí el aroma a humo que asciende de tu pelo como asciende en mi silencio el humo de una estaca donde ardiera una hechicera. Te volteas y te pones de rodillas mientras tus caderas se hacen tan anchas como mi conciencia de tu nombre prohibido.

Te llamé Condesa porque eres Con Sade y todo en ti es un juego decadente, corrupto, placentero. La forma es el contenido y la forma de tus nalgas me confirma el contenido de este pozo. Desde la superficie marcada de tu nalga el laberinto me mira con su ojo, su vértigo y su enigma. El ano resplandece limpio y suave como el centro perfecto de una rosa negra cuyo perfume embriaga, aturde, embrutece.

Este es un signo intraducible.

Entro en ti y cierro lo ojos. Alrededor de mi sexo erecto tu carne avara aprieta su alimento efímero. Te beberías mi sangre si te la ofreciera, ¿y qué otra cosa sino mi sangre te he ofrecido, vampiresa? Te tomo de los hombros y empujo mi cuerpo sobre el tuyo. Recuerdo un sueño con toro y bramido y siento miedo. Recuerdo una sonrisa perfecta a escaso medio metro de un espejo, una tinta hecha de vino portugués, un cuerpo de agua. Me viene a la memoria la imagen de mi rostro mojado levemente por la llovizna neoyorquina, un flashazo, otra sonrisa. Un parque bonaerense donde no juegan con su madre mis hijos nonatos. Pero este semen que me hincha los testículos y tus uñas que dejan tu nuca para enterrarse con fuerza en el dorso de mis manos me recuerdan la obligación brutal de mi apetito y me obligan a abrir los ojos.

Estoy frente a un espejo y me llamo Narciso. Soy un cazador de signos. Me llamo como tú quieras que me llame. Hermana oscura, tu trampa no es de terciopelo ni de carne.

Yo soy mi propia trampa, me comienzo a decir mientras un dolor punzante y conocido que viene de adentro del cerebro se apropia de mí. Todo comienza a borrarse a mi alrededor y cierro nuevamente los ojos. En algún lugar de mi inconsciencia veo un laberinto y la sonrisa de un gato. El gato me mira desde su indiferencia. San Francisco y esta carne de mujer se borran mientras después del dolor llega con su silencio la oscuridad.

*San Francisco, California, 1997*

# Nota del autor

Los libros nunca se terminan, se abandonan.

Esta edición de *El cazador de tatuajes* se publica veinte años después de que yo me sentara a redactar la primera versión de esta historia en un mes caluroso del verano del 97 en San Francisco. Seis meses después, *El cazador de tatuajes* fue publicada en la Ciudad de México por Sansores y Aljure. La editorial desapareció a los pocos meses llevándose ese libro a la muerte prematura por ausencia. Seis años después, Joaquín Mortiz la reeditó y yo aproveché esa oportunidad para corregir erratas, imprecisiones, otros defectos no tan menores de estilo y añadir algunos indicios que la conectaran de manera más clara con la dos novelas que la seguirían en esta serie de tres novelas negras que llamé Vidas Menores.

*Terciopelo violento*, publicada por Joaquín Mortiz en 2003, y reeditada ahora por Tusquets fue la segunda de ellas y quiso ser una metáfora de la escritura, así como *El cazador de tatuajes* intentó ser una metáfora de la lectura. La tercera novela, *La hora ciega*, (Tusquets, 2017) cierra esta trilogía.

Esta edición me ha dado una vez más la oportunidad de meterle cuchillo a la historia del cazador y la Condesa.

No he cambiado muchas cosas pero agradezco que Tusquets me haya permitido limpiar un poco más las palabras que hace veinte años surgieron como un torrente incontrolable de oscuridad. Uno cambia y a veces las novelas que uno escribe pueden ajustarse a esos cambios, lo importante es no traicionarse a sí mismo ni a los personajes que uno ha parido.

# Algunos agradecimientos necesarios

Gracias a Bettina Larroudé, la mujer que hace que todo sea posible.

Gracias a Emilio por ser lo mejor que me pasó en la vida.

Gracias a mi hermano Mauricio Montiel Figueiras por todo lo que él sabe.

Y mil y un gracias (con abrazos y besos) a las mujeres más inteligentes de Polanco y sus alrededores: Nubia Macías, Carmina Rufrancos, Myriam Vidriales y Pao Gómez. El futuro de la lectura en América Latina es menos incierto gracias a editoras sofisticadas y comprometidas con la literatura como ellas.